Suzanne Allain

Mr. Malcolms Liste

SUZANNE ALLAIN

MR. MALCOLMS LISTE

ROMAN

Aus dem Englischen
von Wiebke Pilz

DIANA

MIX
Papier aus verantwortungsvollen Quellen
FSC® C014496
FSC
www.fsc.org

Penguin Random House Verlagsgruppe FSC® N001967

Deutsche Erstausgabe 08/2022

Die Originalausgabe erschien 2020
unter dem Titel *Mr. Malcolm's List* bei Berkley, New York.

Redaktion: Antje Steinhäuser
Umschlaggestaltung: t.mutzenbach design, München
Cover Design © 2022 Universal Pictures Content Group
Autorenfoto: © Jonathan Allain
Satz: Uhl + Massopust, Aalen
Druck und Bindung: GGP Media GmbH, Pößneck
Printed in Germany

ISBN 978-3-453-36127-0

www.diana-verlag.de

Für meinen Mann
Einen sehr anspruchsvollen Gentleman,
der eine ausgezeichnete Wahl getroffen hat

KAPITEL 1

Der Ehrenwerte Jeremy Malcolm, zweiter Sohn des Earl of Kilbourne, war der größte Fang der Saison im Jahre des Herrn 1818. Er hatte zwar keinen eigenen Titel und war nur der jüngere Sohn, doch seine Tante mütterlicherseits hatte ihm den Großteil ihres beträchtlichen Vermögens sowie ein großes Landhaus in Kent vererbt.

Und auch sein beachtliches Privatvermögen sprach für ihn. Nur die ehrgeizigsten jungen Damen würden für das Privileg, Mylady genannt zu werden, den gut aussehenden Mr. Malcolm zugunsten des Marquess von Mumford übersehen, der mindestens fünfzig Jahre alt war und kein Kinn besaß.

Denn welche Frau würde schon »Mylady« genannt werden wollen, wenn sie die alleinige Ehre genießen könnte, »Malcolms Lady« genannt zu werden?

Doch es sah immer mehr danach aus, als würde keine Frau jemals dieses unschätzbare Privileg genießen können.

Denn auch wenn er keineswegs ein Einsiedler war und den Gesellschaftsklub *Almack's*, Bälle, Zusammenkünfte und Versammlungen besuchte, eilte Mr. Malcolm der Ruf voraus, ein Frauenheld, ein Herzensbrecher und ein Zerstörer der Träume junger Damen zu sein.

»Wie bitte?«, fragte Malcolm seinen Freund Lord Cassidy, als er von den neuesten Gerüchten über sich erfuhr.

»Ein Zerstörer der Träume junger Damen«, sagte Cassie langsam und deutlich.

»So ein Unsinn«, entgegnete Malcolm, wandte sich um und ließ den Blick durch den Ballsaal und besonders über eine schöne Debütantin schweifen.

»Vielleicht haben die Klatschbasen ja recht. Du hast meiner Cousine Julia besonders viel Aufmerksamkeit geschenkt und jetzt hast du ihr seit über einer Woche keinen Besuch abgestattet.«

Malcolm drehte sich mit einer hochgezogenen Augenbraue zu seinem Freund um. »Ich habe deine Cousine in die Oper begleitet. Einmal. Ich habe ihr keine besondere Aufmerksamkeit geschenkt.«

»Was tatsächlich geschah, ist nebensächlich. Was die Leute *sagen*, ist wichtig. Und wie stand Julia da, als du ihr keine Aufwartung mehr machtest? Sie verbrachte zwei ganze Tage eingeschlossen in ihrem Schlafzimmer, weil sie niemandem begegnen wollte.«

»Wenn das typisch für Miss Thistlewaite ist, darf sie sich nicht beschweren, wenn schlecht über sie gesprochen wird.«

Cassie antwortete nicht und ließ sein Schweigen für sich sprechen. Er setzte einen verletzten Gesichtsausdruck auf, und obwohl Malcolm seinen Freund standhaft verteidigte, wann immer jemand bemerkte, Lord Cassidy sehe aus wie ein Hund, konnte Malcolm nicht leugnen, dass die Ähnlichkeit besonders stark war, wenn Cassie schmollte.

»Es tut mir leid, dass deine Cousine zur Zielscheibe von Klatsch und Tratsch geworden ist.« Die großen braunen Augen sahen ihn immer noch vorwurfsvoll an. »Es war nicht meine Absicht, sie in Verlegenheit zu bringen, aber ich werde einer Frau keinen Heiratsantrag machen, nur weil ich einmal mit ihr in die Oper gegangen bin.«

»Das hat auch niemand verlangt«, sagte Cassie.

»Vielleicht nicht, aber genau darauf läuft es schließlich hinaus. Was sind es denn für Träume, die ich angeblich zerstört haben soll? Es geht doch eher darum, den ›Fang der Saison‹ zu heiraten, nur um meines Vermögens und meiner Besitztümer willen. Die zahlreichen Erwartungen, die ich geweckt habe, kann ich nur erfüllen, wenn ich Polygamist werde. Ich muss ja nur mit einer jungen Dame sprechen, damit sie im Geiste schon den Weg zum Traualtar beschreitet.«

»Warum suchst du dir dann nicht irgendein Mädchen und machst dem ein Ende?«, fragte sein Freund.

»Warum bin ich deiner Meinung nach wohl heute Abend hier? Ich bin sehr darauf bedacht, eine passende Braut zu finden.«

»Was stimmt denn nicht mit Julia? Im Allgemeinen hält man sie für hübsch«, sagte Cassie, auch wenn er dabei dem Blick seines Freundes nicht lange standhalten konnte. Julia hatte Cassie dazu gedrängt herauszufinden, womit sie Malcolms Unmut auf sich gezogen hatte. Cassie wollte seine Pflicht als Cousin erfüllen, indem er Julia als geeignete Braut darstellte, auch wenn er sich dabei nicht ganz wohlfühlte. Schließlich wusste er besser als jeder andere, wie anstrengend sie sein konnte.

»Hübsch genug ist deine Cousine schon«, stimmte Malcolm zu, »aber sie ist nicht die Richtige für mich.«

»Warum nicht?«, fragte Cassie.

»Ich weiß nicht«, sagte Malcolm und zuckte mit den Schultern. »Sie klimpert zu viel mit den Wimpern.«

»Wie bitte? Sie klimpert zu viel mit den Wimpern? Aus diesem Grund hast du ihr keinen weiteren Besuch abgestattet?«

»Es hat mich irritiert. Ein paarmal glaubte ich, sie würde einnicken. Einmal fürchtete ich, sie würde gleich in Ohnmacht fallen, weshalb ich sie am Arm packte. Das hat sie dazu gebracht, die Augen sehr schnell zu öffnen. Sie hat wohl gedacht, ich würde ihr wegen ihres Wimperngeklimpers einen Heiratsantrag machen.«

Cassie schüttelte nur den Kopf, und sein Hundeblick drückte Enttäuschung aus.

»Schau mich nicht so an, Cassie. Ich habe mich nicht nur deshalb gegen Miss Thistlewaite entschieden.« Malcolm griff in seine Westentasche und zog ein Stück Papier hervor. Er entfaltete es, und Cassie versuchte, über seine Schulter hinweg einen Blick darauf zu erhaschen. Für Cassie sah es aus wie eine Art Liste. Malcolm betrachtete das Papier sorgfältig, während Cassie angestrengt zu erkennen versuchte, was darauf geschrieben stand. Er sah »ist musikalisch oder künstlerisch begabt« und »hat vornehme Verwandte«, bevor das Papier triumphierend vor seiner Nase herumgewedelt wurde, da Malcolm offenbar fündig geworden war.

»Hier ist es. Punkt vier: ›Unterhält sich auf vernünftige Art und Weise‹. Die einzige Art von Konversation, die Miss Thistlewaite gefällt, besteht aus koketten Bemerkungen oder blumigen Komplimenten. Als ich sie nach ihrer Meinung zu den Getreidegesetzen gefragt habe, antwortete sie, dass Zurückhaltung bei der Ernährung eine gesundheitsfördernde Wirkung habe.«

Cassie zeigte sich nicht amüsiert über den Fauxpas

seiner Cousine, sondern wechselte eilig das Thema, da er sich nicht in eine langweilige politische Diskussion verwickeln lassen wollte. »Was ist das, Malcolm? Ist das eine Liste?« Cassie wollte sie Malcolm aus der Hand nehmen, aber Malcolm faltete sie eilig zusammen und steckte sie zurück in seine Westentasche.

»Ja, so ist es.«

»Du hast eine Liste mit Anforderungen an eine Braut?« Cassies Stimme kletterte mindestens eine Oktave höher als üblich.

»Was dagegen?«

»Wenn du mich fragst, ist das verdammt arrogant. Kein Wunder, dass du dich nicht entscheiden kannst. Du willst, dass sie irgendeinen Anforderungskatalog erfüllt, wie ein, ein… Kutschpferd, das du bei Tattersalls kaufst.«

Malcolm griff die Analogie seines Freundes auf. »Ganz genau. Wenn ich ein Pferd kaufen will, habe ich ganz bestimmte Anforderungen. Warum also sollte ich an eine Braut nicht noch strengere Anforderungen stellen? Es ist doch absurd, ein Pferd genauer zu prüfen als eine Ehefrau, eine Gefährtin für das ganze Leben, die man morgens, mittags und abends sieht.«

Da Cassie zu der Sorte von Engländern gehörte, die ein Pferd als einen lebenslangen Begleiter betrachteten, den man morgens, mittags und abends sah, hatte das Argument seines Freundes nicht die gewünschte

Schlagkraft. Er murmelte nur: »Als Nächstes wirst du ihre Gangarten überprüfen und ihre Zähne kontrollieren.«

Nach seinem Gespräch mit Malcolm ging Cassie Julia fast eine ganze Woche aus dem Weg, aber nach ihrem dritten Schreiben stattete er ihr im Stadthaus seiner Tante einen Besuch ab. In ihrem letzten Brief hatte Julia ihre Absicht erklärt, ihn selbst aufzusuchen, und Cassie war sich bewusst, dass seine Cousine hitzköpfig genug war, sie beide in einen Skandal zu verwickeln, wenn er sie zu lange warten ließ.

Er wartete im Salon auf Julia und sah sich missbilligend um. Die Einrichtung war sehr elegant, aber seine Tante hatte ihren Wunsch, dem Geschmack des Prinzregenten für Chinoiserie zu folgen, vollkommen übertrieben. Jede Sofa- oder Stuhllehne war mit einem Drachenkopf verziert und in einer Vitrine stapelten sich bis zum Rand Töpferwaren, glasierte Keramiktiere und Steinschnitzereien. Cassie untersuchte gerade eine Löwenfigur mit weit aufgerissenem Maul, da sagte seine Cousine dicht an seinem Ohr: »Er wird dich schon nicht beißen.«

Beim Klang ihrer Stimme zuckte er heftig zusammen und sie lachte über ihr erfolgreiches Überraschungsmanöver. »Du hast Manieren wie ein Fischweib vom Markt in Billingsgate«, sagte er und wartete, bis sie sich gesetzt hatte, bevor er versuchte, seine langen Glieder auf einem der unbequemen Stühle unterzubringen.

»Wie sollte ich das wissen, im Gegensatz zu dir pflege ich keinen Kontakt mit den niedrigen Gesellschaftsschichten.« Als er protestieren wollte, winkte sie ab und sagte: »Keine Sorge, ich werde niemandem erzählen, dass dich eine kleine Porzellanfigur derart einschüchtert.« Cassie begann wieder zu stottern, aber Julia kam schnell zur Sache. »Was hat Mr. Malcolm gesagt? Du hast versprochen, auf Lord Wesleighs Ball mit ihm zu sprechen, und seitdem habe ich nichts von dir gehört.«

Cassie sah seine Cousine verärgert an und verfluchte das Schicksal, das ihn dazu zwang, ein derart egoistisches, verwöhntes Mädchen seine Verwandte zu nennen. Sie hatten beide keine Geschwister und waren im gleichen Alter, weshalb ihre Eltern ihnen von klein auf die Gesellschaft des anderen aufgezwungen hatten. Mit seinem versöhnlichen, unbekümmerten Gemüt hatte Cassie Julias energischer Natur wenig entgegenzusetzen und so hatte er sich von Kindesbeinen an daran gewöhnt, all ihren Forderungen nachzukommen, abgesehen von den unverschämtesten. Julia war ein attraktives Kind gewesen und zu einer hübschen jungen Frau mit hellroten Haaren, hellgrünen Augen und zarten Gesichtszügen herangewachsen. Ihre Ausstrahlung unschuldiger Zerbrechlichkeit täuschte die meisten Menschen über ihr wahres Wesen hinweg, doch Cassie ließ sich nicht irreführen. Der Wille seiner Cousine war alles andere als zerbrechlich.

»Nun?«, fragte sie und trommelte ungeduldig mit den Fingern auf einem Drachenkopf herum.

»Ja, nun, Malcolm hat zugegeben, dass du ein hübsches Mädchen bist…«

»Hat er das?«, fragte Julia mit einem Ausdruck voll freudiger Überraschung. »Das sind gute Neuigkeiten. Ich muss sagen, ich dachte, ich hätte ihn irgendwie verärgert. Das sind bessere Neuigkeiten, als ich gehofft hatte…«

»Warte«, sagte Cassie und bremste ihre Hochstimmung. »Er ist überhaupt nicht an dir interessiert.«

Cassie hatte es ihr nicht so unverblümt sagen wollen, und als er das enttäuschte Gesicht seiner Cousine sah, kam er sich gemein vor. Er konnte es nicht ertragen, eine Dame weinen zu sehen, und so beeilte er sich, die Tränen abzuwenden, die er in ihren Augen zu sehen glaubte. »Er hat diese Liste, weißt du, und du hast das vierte Kriterium nicht erfüllt. Ich hätte es auch nicht erfüllt, weil ich mich nicht für Politik interessiere und die Getreidegesetze schon immer besonders verwirrend fand. Was macht es für einen Unterschied, ob sie das Getreide nun in Berkshire oder in Frankreich anbauen?«

Julia antwortete nicht, aber Cassie stellte erleichtert fest, dass die Tränen abgewendet waren. Genau genommen sah sie beinahe grimmig aus. »Er hat eine Liste?«, fragte sie viel zu ruhig.

»Ja, nun, ich muss sagen, dass mir die Idee anfangs auch nicht gefiel, aber nachdem er es mir erklärt hat, konnte ich seinen Standpunkt verstehen. Was, wenn das Mädchen beim Galoppieren einen seltsamen Tritt hat?«

Julia ignorierte diese scheinbare Ungereimtheit und lenkte das Gespräch zum eigentlichen Thema zurück. »Ich würde gerne wissen, was auf dieser Liste steht, Cassie. Hast du sie gesehen?«

»Ja, aber das wird dir auch nicht helfen. Überhaupt nicht. Selbst wenn du den Test mit den Getreidegesetzen bestanden hättest, haben ihn deine Wimpern unendlich irritiert.«

»Meine *Wimpern?* Ist der Mann des Wahnsinns?«

»Nein, ganz und gar nicht. Er lässt sich nur nicht durch deine Manöver täuschen. Er verabscheut kokette Spielchen.«

Julia erhob sich, lief wütend im Zimmer umher und murmelte vor sich hin: »Eine bodenlose Frechheit!«, und: »Welche Arroganz!« Cassie erhob sich ebenfalls, doch Julia gab ihm mit einem Wink zu verstehen, dass er sich wieder auf seinen Platz setzen könne, auf dem er nun nervös hin und her rutschte, in dem Bewusstsein, dass er viel zu viel gesagt hatte.

Cassies Unruhe wuchs, als Julia abrupt innehielt und zu lächeln begann. Diesen Ausdruck hatte er schon öfter gesehen, als ihm lieb war, und er verhieß nie etwas Gutes.

»Ich habe eine absolut brillante Idee«, verkündete sie.

»Warum bezweifle ich das bloß?«, antwortete er.

Selina Dalton, die nichts Interessanteres erwartet hatte als einen Brief ihrer Eltern, überraschte das Einladungsschreiben ihrer alten Schulfreundin Julia Thistlewaite.

Sie hatte Julia vier Monate zuvor in der Hoffnung auf eine derartige Einladung geschrieben, doch als sie noch nicht einmal eine Antwort erhalten hatte, gab sie die Hoffnung auf. Julia war schon immer eine schwierige Freundin gewesen, beständig unbeständig, weshalb Selina nicht besonders überrascht war, dass Julia sich weigerte, ihre frühere Bekanntschaft anzuerkennen. Es verwunderte sie eher, dass Julia sie schließlich doch einlud, im Stadthaus der Thistlewaites am Berkeley Square zu wohnen.

Bei dieser Aussicht stieß Selina einen kleinen Freudenschrei aus, dann blickte sie sich schuldbewusst um. Aber es war natürlich niemand da, der sie hätte hören können. Wie immer war sie allein im Salon des Hauses ihrer früheren Herrin in Bath.

Mrs. Ossory war eine freundliche und wohlwollende Herrin gewesen und ihr Tod vor vier Monaten hatte Selina aufrichtig betrübt. Nachdem Selina ihre Stelle als Gesellschafterin angetreten hatte, hatten sie drei Jahre lang harmonisch zusammengelebt. Ihre Pflichten waren keineswegs lästig und Mrs. Ossory hatte sich für Selina als ebenso gute Gesellschafterin erwiesen wie Selina für sie. Noch im Tod war sie großzügig gewesen und hatte Selina eine kleine Abfindung hinterlassen.

Doch Selina konnte nicht ewig in Mrs. Ossorys Stadthaus wohnen bleiben, das einem Neffen vermacht worden war. Und in die kleine Gemeinde in Sussex, wo ihr Vater als Vikar arbeitete, wollte sie nicht gern zurückkehren. Sie hatte die Anstellung bei Mrs. Ossory in Bath angenommen und gehofft, sich während ihres Aufenthaltes dort vielleicht mit einem geeigneten Gentleman zu verloben. Ihre Eltern hatten nicht das Geld, um ihr eine Saison in London zu finanzieren, aber als Mrs. Ossory – eine entfernte Verwandte ihrer Mutter – erwähnte, dass sie eine Gesellschafterin suche, hatte Selina die Gelegenheit beim Schopfe gepackt. Das war ihre Chance, das Leben außerhalb des Vikariats kennenzulernen. Und wenn sie einen passenden Ehemann fand, wäre sie vielleicht sogar in der Lage, ihre jüngeren Geschwister zu unterstützen.

Die Zeit in Bath hatte Selina genossen und bereute die drei Jahre dort keinesfalls, und doch hatte sie das Gefühl, dass etwas fehlte. Mrs. Ossorys Freundes- und Bekanntenkreis war zwangsläufig auch Selinas Bekanntenkreis geworden, doch unter ihnen war niemand unter fünfzig. Sie vermisste die Gesellschaft Gleichaltriger, die ihre Interessen teilten, und hoffte, diese vielleicht in London zu finden.

Aber da eine junge Dame von zweiundzwanzig Jahren nicht allein leben konnte, hatte sie Julia geschrieben, von der sie wusste, dass sie ihr Zugang zu der Gesellschaft verschaffen konnte, die sie suchte. Und siehe da, endlich hatte sie die ersehnte Einladung erhalten.

Sie kam an, kurz nachdem Selina beschlossen hatte, zu ihrer Familie zurückzukehren, da sie das Unvermeidliche lange genug hinausgezögert hatte. Sie hatte bereits alle Vorkehrungen getroffen, Bath am folgenden Morgen zu verlassen, und war dankbar, dass der Brief nicht einen Tag später angekommen war, denn nun war ihr neues Ziel London.

Als Selina zwei Tage später in London ankam, war sie ein wenig überrascht von Julias Empfang. Diese winkte Selinas Entschuldigung wegen ihrer frühen Ankunft ab und unterbrach sie mitten in ihrer Erklärung mit den

Worten: »Es ist besser so. Dann können wir sofort beginnen.« Danach umkreiste sie Selina, die im Salon stand, und musterte sie kritisch.

»Damit müssen wir uns wohl begnügen«, sagte sie schließlich und Selina verspürte den Drang, sich für ihre Unzulänglichkeiten zu entschuldigen, obwohl sie immer noch nicht wusste, was Julia meinte.

Als sie bemerkte, dass Julia eine Antwort erwartete, fragte Selina: »Wie bitte?«

Aus ihren Gedanken aufgeschreckt, lachte Julia schallend und entschuldigte sich für ihr merkwürdiges Verhalten. »Ich werde dir alles erklären, wenn mein Cousin Lord Cassidy angekommen ist.«

Selina nickte, obwohl sie immer noch ratlos war, und Julia plapperte aufgeregt drauflos. »Bitte komm und setzt dich, damit wir unsere Bekanntschaft erneuern können. Sag mir, was du in der letzten Zeit gemacht hast – ist es wirklich schon fünf Jahre her?«

Selina bestätigte ihr, dass seit ihrer letzten Begegnung fünf Jahre vergangen waren, und erzählte von ihrer Anstellung als Gesellschafterin bei Mrs. Ossory.

»Wie langweilig für dich«, sagte Julia.

»Es war ganz und gar nicht unangenehm, auch wenn ich mir ein wenig Gesellschaft in meinem Alter gewünscht hätte. Bath ist zu einem Ziel für Vieillards geworden, die nach dem Jungbrunnen suchen.«

»Das verstehe ich sehr gut. Mir sind Fremde auch

ungeheuer lästig.« Bevor Selina Julia erklären konnte, dass sie sie missverstanden hatte, fuhr Julia fort: »Und sicher gab es dort wenig Abwechslung. Hier in London wirst du es viel besser haben.«

Selina, die sich langsam daran erinnerte, wie egoistisch Julia früher gewesen war, bezweifelte den Wahrheitsgehalt dieser Aussage, hielt es aber für unhöflich, ihrer Gastgeberin zu widersprechen. Dann wurde sie mit einer Aufzählung der Freuden verwöhnt, die sie erwarteten, aber da Julias Konversation hauptsächlich aus dem Nennen von Namen der Menschen bestand, die Selina erst noch kennenlernen sollte, fiel es ihr schwer, interessiert zu wirken.

Deshalb war sie ziemlich erleichtert, als Lord Cassidy endlich eintraf.

Julia stellte sie einander vor, und Selina musterte Lord Cassidy interessiert und dachte, dass sie noch keine zwei Stunden in London war und bereits die Bekanntschaft eines jungen Gentleman gemacht hatte. Als sie jedoch feststellte, dass Cassie, wie er unbedingt genannt werden wollte, so aussah, als sei er einer von Cruikshanks Karikaturen entsprungen, wurde aus ihrem Interesse schließlich Amüsement.

Seine Gesichtszüge waren zwar angenehm, wirkten aber etwas übertrieben, denn Augen, Ohren und Nase waren ein wenig zu groß für sein Gesicht. Seine Arme und Beine waren lang und dünn; seine Kleidung, obgleich modisch und teuer, war völlig zerknittert. Und auch wenn er Selina freundlich anlächelte, nahm sein ausdrucksstarkes Gesicht einen finsteren Ausdruck an, wann immer er in die Richtung seiner Cousine Julia blickte.

»Da mein Cousin nun hier ist, möchte ich dir erklären, warum ich dich nach London eingeladen habe«, sagte Julia, nachdem sie alle Platz genommen hatten. Da sie Selinas Überraschung bemerkte, weil sie in ihrem Brief geschrieben hatte, dass sie sich Selinas Gesellschaft wünsche, erklärte sie eilig: »Du weißt, dass ich deine Gesellschaft immer genossen habe, liebe Selina, weshalb ich überhaupt erst auf die Idee gekommen bin, dich einzuladen. Aber ich habe mir überlegt, dass du mir während deines Aufenthaltes vielleicht bei einem kleinen Projekt helfen könntest.«

»Bei einem Projekt?«, hakte Selina nach, als Julia zögerte und nicht mit der Sprache herausrücken wollte.

Julia warf einen Seitenblick auf ihren Cousin, der sie nur noch grimmiger anfunkelte. Doch Julia fuhr unverdrossen fort, obwohl sie Schwierigkeiten zu haben schien, Selinas Blick zu begegnen. »Vielleicht ist Projekt nicht das richtige Wort«, sagte sie. »Eigentlich ist es eher ein Streich.«

»Hmpf«, schnaubte Cassie und verdrehte die Augen.

Seine Cousine ignorierte ihn und sagte: »Weißt du, es gibt einen jungen Gentleman, einen Mr. Malcolm, der weithin für seine Arroganz bekannt ist. Er hat mich ausgezeichnet, indem er mir sehr viel Aufmerksamkeit schenkte, doch dann demütigte er mich, indem er sich von seinem Werben zurückzog.«

»Wie furchtbar! Das tut mir so leid.«

Julia winkte Selinas Sympathiebekundungen mit einer ungeduldigen Geste ab. »Ja, es war sehr unangenehm, besonders, als ich entdeckte, dass er mich anhand einer Liste beurteilt hat und für unzulänglich hält.«

»Er hat eine Liste? Was für eine Liste?«

»Eine Liste mit Anforderungen an seine Braut. Aber er hält sich für derart überlegen, dass wohl kaum jemand sie je wird erfüllen können. Ich möchte, dass Mr. Malcolm eine verdiente Strafe erhält, indem ich ihm einen kleinen Streich spiele. Und da erinnerte ich mich, dass du in der Schule für jeden Scherz zu haben warst.« Obwohl sie sich an nichts dergleichen erinnerte, bekam Selina nicht die Gelegenheit, dieser Einschätzung ihres Charakters zu widersprechen, denn Julia fuhr fort: »Ich dachte, wenn wir dich ihm als die perfekte Frau präsentieren, und ihn dann herausfinden lassen, dass *du* eine Liste mit Anforderungen hast, die *er* nicht erfüllt, wäre das die perfekte ausgleichende Gerechtigkeit.«

»Aber Julia, wenn er so arrogant und anspruchsvoll ist, wie du sagst, werde ich doch sicher gar nicht erst seine Aufmerksamkeit erregen?«

»Die Möglichkeit besteht, aber du bist besser informiert als ich oder irgendeine andere junge Dame vor dir. Du weißt von der Liste, und mit etwas Hilfe von mir und meinem Cousin hast du eine viel bessere Chance, die Anforderungen zu erfüllen.«

Selina warf einen Seitenblick auf Lord Cassidy und fragte sich, wie dieser zerzauste, merkwürdig aussehende Mann ihr dabei helfen könnte, die Aufmerksamkeit eines kultivierten Gentleman mit erlesenem Geschmack zu erregen. Er bemerkte ihren fragenden Blick und erklärte: »Malcolm ist ein guter Freund von mir. Ich kenne ihn besser als die meisten.«

»Und Sie sind auch der Meinung, dass er diesen Streich verdient hat?«, fragte Selina.

Julia antwortete, bevor Cassie die Chance dazu hatte. »Aber natürlich. Sonst hätte er seine Hilfe nicht angeboten.« Als Selina weiter protestierte, sagte Julia ungeduldig: »Sei nicht so zimperlich, Selina. Du wirst Mr. Malcolm nichts zufügen, was er nicht selbst schon mehr als einer jungen Dame angetan hat, mich eingeschlossen.«

»Es ist nur so, dass ich glaube, dass dein kleiner Streich zum Scheitern verurteilt ist. Wenn Mr. Malcolm von dir nicht fasziniert war, Julia, bezweifle ich, dass er mich überhaupt eines Blickes würdigt.«

Cassie fragte sich, was seine Cousine darauf erwidern würde. Er wusste, dass sie nicht gern die zweite

Geige spielte, aber es war nicht zu leugnen, dass seine Cousine neben Selina verblasste. Wo Julias Haar hellrot war, war Selinas ein dunkles, sattes Rotbraun. Während Julias Augen blassgrün waren, leuchteten Selinas smaragdgrün. Während Julias Teint modisch blass war, hatte Selinas Haut einen goldenen Schimmer, fast so, als würde sie leuchten. Jeder Gentleman würde in Selinas Richtung schauen und gar nicht mehr wegsehen wollen.

Julia jedoch erwähnte nichts davon. »Es stimmt, du bist zwar nicht im klassischen Sinne schön, aber in der richtigen Umgebung und unter den richtigen Umständen kannst du sicher Mr. Malcolms Aufmerksamkeit auf dich ziehen.«

Selina schüttelte den Kopf und sagte: »Ich glaube nicht …«

»Ich muss sagen«, unterbrach Julia sie, »dieser kleine Streich ist das Einzige, was mich dazu veranlassen könnte, wieder am gesellschaftlichen Leben teilzunehmen. Ich hoffe sehr, dass du mir hilfst, denn ich würde deinen entzückenden Besuch ungern beenden. Doch ohne deine Hilfe wäre ich sicher nicht mehr in der Stimmung für Gesellschaft.«

Selina verstand sofort, was Julia meinte. Sie war eingeladen worden, um Julia dabei zu helfen, Mr. Malcolm zu demütigen. Wenn sie sich weigerte, würde ihr jeglicher Zutritt zur Londoner Gesellschaft verwehrt werden. Sie seufzte und wog ihre Möglichkeiten ab. So sehr ihr die Idee auch missfiel, klang es doch so, als verdiene Mr. Malcolm diese Strafe. Und schließlich bestand immer noch die Wahrscheinlichkeit, dass er sie gar nicht bemerkte. In diesem Fall könnte Julia ihr ein Scheitern ihres Planes nicht verübeln.

»Was soll ich machen?«, fragte Selina und Julia lächelte triumphierend.

KAPITEL 2

Eine Woche später bereute Selina, so voreilig in Julias Plan eingewilligt zu haben. Sie hatte bereits den größten Teil ihres Jahreseinkommens für die neue Garderobe ausgegeben, die laut Julia unerlässlich war, um Mr. Malcolms Aufmerksamkeit zu erregen, hatte noch nicht einmal die harmloseste gesellschaftliche Veranstaltung besucht, und wegen Julias widersprüchlichen Anweisungen drehte sich ihr der Kopf.

»Du musst eine gewisse geistige Gewandtheit, ein Wissen über die Welt ausstrahlen, während du gleichzeitig die Naivität bewahrst, die Gentlemen überaus charmant finden«, erklärte Julia Selina, als sie im Salon der Thistlewaites nebeneinander auf dem Sofa saßen.

»Wissen Sie etwas über die Getreidegesetze?«, fragte Cassie, der ihnen gegenübersaß.

»Ja, natürlich.«

»Das ist auch sehr wichtig. Ich habe Ihnen einige Traktate zu diesem Thema mitgebracht«, sagte Cassie.

»Verschwende nicht zu viel Zeit darauf, Selina. Ein

Gentleman mag es nicht, wenn die Dame intelligenter ist als er. Nicht wahr, Cassie?« Julia lächelte ihren Cousin schelmisch an, der finster zurückblickte. »Außerdem verursacht zu intensives Nachdenken Stirnfalten.« Sanft berührte Julia den Bereich zwischen Selinas Brauen. »Vielleicht wäre es eine gute Idee, wenn du über den Ozean meditieren würdest. Ich habe festgestellt, dass ich die Stirn seltener runzele, wenn ich an das Meer denke.«

»Oh, das hätte ich fast vergessen«, sagte Cassie. »Nicht blinzeln.«

»Wie bitte?«, fragte Selina.

»Malcolm mag keine koketten Spielchen.«

»Cassie, wenn du nur ein bisschen aufgepasst hättest, wäre dir aufgefallen, dass ich das bereits gesagt habe. Ich habe Selina erklärt, dass ihr Verhalten keinesfalls künstlich sein sollte, wenn sie vortäuscht, von Mr. Malcolm angezogen zu sein.«

»Das klingt ganz und gar nicht nach dem, was ich gesagt habe«, erwiderte Cassie.

»Tut mir leid, dass ich keine Wörter mit weniger Silben verwendet habe ...«

»Wenn du so schlau bist, warum hast du dann Malcolms kleinen Test nicht bestanden, Miss Hochnäsig?«

»Wenn du mich vorgewarnt hättest ...«

Selina hatte genug gehört. »Aufhören, sofort!«, unterbrach sie den Streit der beiden. Mit großen Augen wandten sich die Cousins ihr zu. »Ich habe diese Woche so viel Gezänk gehört, dass es für mein ganzes Leben reicht. Ich glaube, ich weiß nun, wonach Mr. Malcolm sucht. Gibt es schon einen Plan für unser Treffen?«

Selina, die hinter der Bibliothekstür der Gastgeberin hervorlugte, konnte nicht glauben, dass sie ihren ersten Ball auf diese Art verbringen sollte. Sie war der Gastgeberin, Mrs. Harrington, vorgestellt worden, hatte einmal mit Cassie getanzt und war dann eilig in die Bibliothek gebracht worden, um sich für den restlichen Abend dort zu verstecken. Mr. Malcolm war offenbar anwesend, und ihre Begleiter meinten, sie müsse sich geheimnisvoll geben, um sein Interesse zu wecken. Nach ihrem ersten Tanz sollte sie verschwinden, während Julia und Cassie sich unter die Gäste mischten und über die neue Unbekannte flüsterten.

Selina kam nicht umhin, darüber nachzudenken, dass die Gesellschaft in Bath, so alt sie auch sein mochte, der der verrückten Cousins überlegen war. »Ich hätte doch nach Sussex gehen sollen«, sagte sie laut, während sie immer noch an der Tür stand und in den leeren Korridor blickte.

»Wie bitte?«, fragte jemand hinter ihr.

Sie wirbelte herum und sah einen jungen Mann im Zimmer stehen, der sich erhoben haben musste, als sie hereingekommen war. Bei seinem Anblick war sie sehr froh, dass sie nicht nach Sussex gegangen war. Er war der am besten aussehende Mann, den sie je gesehen hatte. Die Bibliothek war nicht gut beleuchtet – offenbar erwarteten die Harringtons nicht, dass ihre Gäste während des Balls dort Zuflucht suchten – Selina konnte also nur hoffen, dass er bei Tageslicht weniger wie ein griechischer Gott und mehr wie ein einfacher Sterblicher aussehen würde.

»Es tut mir leid, dass ich Sie gestört habe, Sir«, sagte Selina, als sie sich von ihrem Schreck erholt hatte.

»Das macht nichts«, sagte er, faltete ein Papier zusammen und steckte es in die Tasche. »Ich habe nur über die Aussichtslosigkeit eines Traums nachgedacht.«

Selina, die kurz zuvor über etwas Ähnliches nachgedacht hatte, überlegte nun, dass sie vielleicht etwas zu voreilig gewesen war. »Sind denn alle Träume aussichtslos? Sie geben uns Hoffnung und Hoffnung ist etwas Gutes.«

»Ihrer Meinung nach. Andere mögen glauben, was der Dichter sagte: ›Hoffnung ist die hoffnungsloseste Sache von allen.‹«

»Was für eine traurige Überzeugung! Ich ziehe es vor, wie Johnson zu glauben, dass die Hoffnung ›vielleicht das wichtigste Glück ist, das diese Welt uns gestattet‹. Aber womöglich hoffen Sie auf etwas Unwürdiges, in welchem Fall Sie es verdienen, vergeblich zu hoffen. Gestehen Sie, Sir, Sie haben gehofft, an den Spieltischen zu gewinnen, haben verloren und geben sich nun Ihrer Enttäuschung hin.«

Der geheimnisvolle Gentleman lächelte. »Ein derart kindisches Verhalten würde ich nicht zugeben, obwohl ich auf einen Gewinn gehofft hätte, wenn ich gespielt hätte.«

»Sie behaupten also, auf etwas Bedeutendes zu hoffen.«

»In der Tat.«

»Dann wünsche ich Ihnen, dass Sie es bekommen«, sagte Selina lächelnd.«

»Das ehrt mich. Vielleicht irre ich mich, wenn ich Hoffnung für etwas Sinnloses halte«, sagte er und sah Selina durchdringend an.

Ihr Lächeln verblasste ein wenig und es entstand eine unangenehme Stille. Selina war sich plötzlich bewusst, dass sie nicht allein mit einem fremden Gentleman in der Bibliothek bleiben und eine philosophische Diskussion hätte führen sollen. »Es tut mir leid, dass ich Sie gestört habe. Ich sollte gehen«, sagte sie schließlich, machte aber keine Anstalten aufzubrechen. Denn sobald die Worte ihren Mund verlassen hatten, wurde ihr klar, dass sie gar nicht gehen konnte.

Cassie und Julia hatten sie angewiesen, zu bleiben, wo sie war, bis sie sie holten. Zum Glück sagte der Gentleman, dass wohl er gehen sollte, und kam zur Tür, vor der sie immer noch stand.

Sie trat zur Seite, doch er blieb vor ihr stehen. »Ich würde mich freuen, wenn Sie mir einen Tanz reservieren würden, sobald Sie in den Ballsaal zurückkehren und wir einander richtig vorgestellt worden sind.«

Selina wurde von Schüchternheit übermannt und nickte nur. Erst nachdem er den Raum verlassen hatte, fiel ihr ein, dass sie gar nicht mehr in den Ballsaal zurückkehren würde.

Mr. Malcolm betrat den Ballsaal, wo sein Freund Cassie bereits nach ihm suchte.

»Wo warst du? Ich habe eine mögliche Kandidatin für dich. Junges Fohlen, hervorragend entwickelt, lange Beine …«

Malcolm bereute, jemals die Pferdeanalogie benutzt zu haben. Seitdem hatte Cassie jede junge Dame beschrieben, als handele es sich um eine Stute.

»Ich bin nicht interessiert, Cassie. Ich habe wohl selbst eine mögliche Kandidatin gefunden.«

»Was? Das kannst du doch nicht machen!«, rief Cassie. Malcolm sah ihn überrascht an.

»Ich dachte, du wolltest, dass ich eine passende junge Dame finde.«

»Das stimmt ja auch. Allerdings ist ein neues Mädchen in der Stadt, über das alle reden. Sie ist für ein paar Wochen bei meiner Cousine Julia zu Besuch und hat etwas Geheimnisvolles an sich.«

»Das klingt ziemlich beunruhigend. Ich neige dazu, Abstand von mysteriösen jungen Damen zu halten. Normalerweise stellt sich heraus, dass sie sich nach ihrem Tanzlehrer verzehren oder nach jemand ebenso unpassendem.«

»Nichts dergleichen, das kann ich dir versichern«, sagte Cassie, doch Malcolm ignorierte ihn und sah sich beiläufig im Ballsaal um.

»Ich frage mich, wie lange sie noch in der Bibliothek bleiben will«, murmelte Malcolm und Cassie blickte erschrocken auf.

»Was hast du gesagt?«, fragte er seinen Freund.

»Oh, nichts von Bedeutung«, sagte Malcolm. »Wahrscheinlich wird sie sich als verheiratet oder ebenso unwählbar herausstellen«, murmelte er vor sich hin.

Cassie betrachtete seinen Freund einen Moment lang forschend, dann entschuldigte er sich. Malcolm nickte nur und suchte immer noch den Ballsaal nach der Dame aus der Bibliothek ab, auch wenn er unsicher war, ob er sie ein zweites Mal treffen wollte. Sie hatte ihn ziemlich beeindruckt, aber er sorgte sich, dass er bei einer weiteren Begegnung feststellen würde, dass er ihr in seinem Eifer, eine geeignete Braut zu finden, nicht vorhandene Qualitäten zugeschrieben hatte. Als sie so plötzlich in der Bibliothek auftauchte, kam es ihm vor, als wären seine Gebete erhört worden, nachdem er fast schon von der Vergeblichkeit seiner Suche überzeugt gewesen war. Selbst in der Dunkelheit der Bibliothek hatte sie geleuchtet. Ihre großen Augen funkelten vor Intelligenz und Humor, und ihr Lächeln verzauberte ihn mit seiner süßen Aufrichtigkeit. Je mehr er an sie dachte, desto mehr verflog seine Unentschlossenheit, und er wollte sie unbedingt wiedersehen, um die genaue Farbe dieser faszinierenden Augen zu sehen.

Cassie eilte in die Bibliothek und fand Selina niedergeschlagen auf einem Sofa sitzen und ins Leere starren.

»Miss Dalton, sind Sie hier drin einem Gentleman begegnet?«, fragte er.

Erschrocken über Cassies plötzlichen Auftritt, blickte Selina auf. »Was? O ja, das bin ich. Er sah sehr gut aus. Er bat mich um einen Tanz.« Bei der Vorstellung, diesen zu verpassen, runzelte Selina die Stirn und fragte sich, warum Cassie so grinste.

»Ausgezeichnet«, sagte er. »Dann sollten wir wohl

in den Ballsaal zurückkehren, damit Sie diesen Tanz haben können.«

»Tatsächlich? Kennen Sie den Gentleman?«, fragte Selina.

»Ich glaube schon«, antwortete Cassie und grinste noch breiter.

Cassie und Selina gesellten sich zu Mrs. Thistlewaite, die darauf wartete, dass Julia von ihrem Tanz zurückkehrte. Mrs. Thistlewaite war eine zierliche, schüchterne Frau mit »zarten Nerven«. Sie war ihrer eigenwilligen Tochter nicht gewachsen und erlaubte Julia ein übertriebenes Maß an Unabhängigkeit. Sie und ihr Mann waren bei Julias Geburt schon mittleren Alters gewesen, weshalb diese wie ein Wunder begrüßt wurde. Mr. Thistlewaite war zu Lebzeiten ein nachsichtiger Vater gewesen und auch jetzt noch konnte Julia ihre Mutter bei den wenigen Gelegenheiten, an denen sie sich ihr widersetzte, mit den Worten »Papa hätte es erlaubt« umstimmen.

Mrs. Thistlewaite begrüßte ihren Neffen und Selina sehr herzlich, stand auf, als sie näherkamen, und ließ ihren Schal auf den Boden fallen. Selina hob ihn für sie auf.

»Oh, wie ungeschickt von mir. Danke, Selina. So

ein liebes Mädchen. Aber warum haben Sie nicht getanzt? Ich habe Sie mit niemandem außer Cassie tanzen sehen.«

Selina und Cassie wechselten einen Blick, doch genau in diesem Moment kam Julia zurück und eine Antwort war zum Glück nicht nötig.

»Cassie! Was macht Selina hier? Du ruinierst all meine Bemühungen. Alle sind ganz fasziniert von der neuen Unbekannten. Wenn sie Selina nun sehen, werden sie sich nicht mehr für sie interessieren.«

»Oh, vielen Dank, Julia«, sagte Selina.

Cassie erzählte Julia von der Begegnung in der Bibliothek, wurde jedoch durch die Ankunft von Mr. Malcolm unterbrochen.

Selina, die immer noch nichts über die Identität des mysteriösen Mannes aus der Bibliothek wusste, freute sich sehr, ihn wiederzusehen. Im helleren Licht des Ballsaals erkannte sie, dass er genauso gut aussehend war wie auf den ersten Blick. Allerdings hatte das den Effekt, dass es ihr schwerfiel zu atmen oder klar zu denken. Deshalb bemerkte sie erst nach einiger Zeit, wie Cassie den mysteriösen Fremden ansprach.

»Mr. Malcolm!«, sagte Selina überrascht und errötete, als alle sich ihr zuwandten.

Malcolm lächelte Selina mit hochgezogenen Augenbrauen neugierig an. »Das ist richtig. Ihren Namen habe ich allerdings noch nicht erfahren.« Dann wandte er sich an seinen Freund Cassie, damit er sie einander vorstellte.

»Mr. Malcolm, darf ich Ihnen Miss Dalton vorstellen.«

»Miss Dalton, ich freue mich sehr, Ihre Bekanntschaft zu machen«, sagte Mr. Malcolm und beugte sich über ihre Hand.

Selina versank in einem Knicks und hoffte verzweifelt, sich wieder erheben zu können, denn ihre Beine schienen mit einem Mal zu schwach, um sie zu tragen. *Das* war der unerträglich arrogante Mann, der den Damen das Herz brach? Die lächerliche Scharade, auf die sie sich einlassen sollte, erschien ihr unmöglicher denn je. Selina wusste, dass sie gegen einen Blick aus diesen dunklen Augen genauso wenig immun war wie jede andere Frau. Wenn Julia, die viel kultivierter war als sie selbst, ihm erlegen war, welche Chance hatte dann eine einfache Vikarstochter gegen diese verführerisch blitzenden Augen und dieses umwerfende Lächeln?

Mr. Malcolm bat Selina um den nächsten Tanz, doch bevor sie sich sammeln und antworten konnte, war Julia zwischen sie getreten und sprach ihn an.

»Sie sind leider zu spät gekommen, Sir. Miss Dalton wird seit ihrer Ankunft von Verehrern belagert und hat all ihre Tänze vergeben. Bedauerlicherweise habe ich nicht so einen Erfolg und habe diesen Tanz frei.«

Mr. Malcolm verbarg seine Enttäuschung erstaunlich gut. »Dann könnte ich vielleicht in die Ehre dieses Tanzes kommen?«, fragte er Julia.

Julia akzeptierte mit einem gebieterischen Blick auf ihren Cousin Cassie, der Selina seinen Arm anbot. Anscheinend sollte er noch einmal mit ihr tanzen, um Julias Lüge Glaubwürdigkeit zu verleihen. Selina fragte sich, woher ihre weiteren Tanzpartner kommen sollten, aber als sie die Tanzfläche verließ, war sie sofort von eifrigen Gentlemen umgeben und tanzte für den Rest des Abends ohne Pause. Leider verblassten alle Gentlemen im Vergleich zu Mr. Malcolm, der den Ball kurz nach dem Tanz mit Julia verließ.

KAPITEL 3

Als Julia und Selina mit Mrs. Thistlewaite im Salon saßen und auf die morgendlichen Besucher warteten, erklärte Julia, sie kämen wahrscheinlich nicht so zahlreich wie sonst, da die Londoner Saison offiziell schon vor einigen Wochen zu Ende gegangen war. Julia hatte noch viel anderes zu erzählen, und obwohl Selina vorgab zuzuhören, überlegte sie insgeheim, was sie tun würde, sollte ihnen Mr. Malcolm seine Aufwartung machen.

»Selina, hörst du mir zu?«, fragte Julia schließlich spitz.

»Warum fragst du, natürlich, Julia. Du hast dozie…, das heißt, du hast mir Ratschläge erteilt.«

»Du stimmst mir also zu?«

»Aber natürlich. Du hast in diesen Dingen mehr Erfahrung«, sagte Selina abwesend und überlegte, ob sie vielleicht ein schlichteres Kleid hätte wählen sollen. Ihr lachsfarbenes war sehr stilvoll, aber in Kombination mit ihrem Haar kam es ihr ein wenig zu auffällig vor. Doch sie tröstete sich mit dem Wissen, dass Julia, selbst ein Paradebeispiel an Eleganz, ihr versichert hatte, es sei »genau das Richtige«.

Der Butler kündigte den ersten Besucher an, einen Lord Sylvester Mountjoy, und Selina schüttelte ihre Zerstreutheit ab, um Lord Sylvester, einen ihrer Tanzpartner vom Vorabend, zu unterhalten. Schon bald drängten sich im Salon der Thistlewaites hoffnungsvolle junge Gentlemen, und Selina genoss ihren gesellschaftlichen Erfolg und vergaß darüber beinahe Mr. Malcolm. Deshalb war sie ziemlich erschrocken, als Reeves, der Butler der Thistlewaites, ihn ankündigte.

Mr. Malcolm schritt in den Salon, begrüßte Mrs. Thistlewaite und Julia, dann ging er zu Selina.

»Guten Tag, Miss Dalton. Ich hoffe, Sie bei guter Gesundheit anzutreffen?«

»Ja ... in der Tat, Sir«, stammelte Selina und kam sich plötzlich unbeholfen und unkultiviert vor. »Und wie geht es Ihnen?«

»Mir geht es recht gut, danke.«

Es entstand eine unangenehme Pause, als Mr. Malcolm vor Selina stand und Selinas Verehrer ihn eifersüchtig beäugten. Alle Plätze in Selinas Nähe waren besetzt und es war offensichtlich, dass keiner der jungen Gentlemen bereit war, Mr. Malcolm seinen Platz abzutreten.

»Ich entführe Sie nur ungern aus solch angenehmer Gesellschaft, Miss Dalton, aber ich bin gezwungen Sie an unsere Verabredung zu erinnern.«

»Unsere Verabredung?«, wiederholte Selina erstaunt. Und ihr Erstaunen wurde noch größer, als Mr. Malcolm ihr kurz zuzwinkerte.

»Sie haben es doch sicher nicht vergessen? Da ich gestern Abend nicht das Vergnügen hatte, einen Tanz mit Ihnen zu bekommen, haben Sie mir versprochen, heute mit mir auszufahren.«

Selina konnte nicht anders, als sich von Mr. Malcoms offensichtlicher List, sie aus der Gruppe ihrer Verehrer loszueisen, geschmeichelt zu fühlen. Sie lächelten sich verstohlen an, doch bevor Selina antworten konnte, mischte sich Julia wieder einmal ein.

»Selina, vergiss nicht, dass du zugestimmt hast, heute Nachmittag mit Cassie auszufahren. Er wird jeden Moment hier sein.«

»Cassie wird es sicher nichts ausmachen, wenn Miss Dalton mit mir ausfährt. Er hatte gestern Abend das Privileg, mit ihr zu tanzen, wohingegen mir diese Ehre nicht zuteilwurde«, erklärte Mr. Malcolm.

»Aber als ich Selina heute Morgen fragte, ob sie sich auf ihre Ausfahrt mit Cassie freue, stimmte sie zu«, entgegnete Julia bedeutungsvoll.

Selina begriff, dass sie unwissentlich zugestimmt haben musste vorzugeben, sie sei anderweitig beschäftigt, sobald Mr. Malcolm etwas mit ihr unternehmen wollte. Sie verstand, dass Julia sie unerreichbar erscheinen lassen wollte, befürchtete aber, sie könnte diesmal zu weit gehen.

»Es tut mir leid, Julia. Ich hatte vergessen, dass ich bereits der Verabredung mit Mr. Malcolm zugestimmt hatte«, sagte Selina.

»Miss Dalton scheint eine sehr *zustimmungsfreudige* junge Dame zu sein«, sagte Lord Sylvester mit seiner hohen Stimme. Einige der Gentlemen lachten pflichtschuldigst über seine kleine Stichelei.

»Das ist sicherlich eine Möglichkeit, sie zu beschreiben«, sagte Julia und sah Selina vom anderen Ende des Salons wütend an.

»Miss Thistlewaite«, begann Malcolm mit einem ungeduldigen Blick in Julias Richtung, »auch wenn ich Ihre Loyalität Ihrem Cousin gegenüber schätze, bin ich mir sicher, dass es Cassie nichts ausmachen wird, wenn ich eine Kutschfahrt mit Miss Dalton unternehme.«

»Ich werde schnell meine Sachen holen«, kündigte Selina an und sprang auf, bevor Julia einen weiteren Vorwand finden konnte, um sie und Mr. Malcolm voneinander fernzuhalten.

Sie rannte die Treppen zu ihrem Zimmer hinauf und zog schnell Hut und Spenzer an, der einen Stehkragen aus Spitze hatte und in Kombination mit ihrem

Kleid recht keck aussah. Aus Gründen, die nicht das Geringste mit Julias Plan zu tun hatten, wollte sie für Mr. Malcolm so gut wie nur eben möglich aussehen.

Als sie die Treppe hinunterkam, erblickte sie Mr. Malcolms Silhouette, hervorgehoben vom Licht, das durch das Fenster über der Tür hereinfiel, und dachte wieder einmal, wie ungerecht es doch war, dass ein Mann so gut aussah.

»Ich bin bereit«, sagte sie und blieb vor ihm stehen.

»Nicht ganz«, entgegnete er und kam auf sie zu, bis sie kaum mehr eine Handbreit voneinander trennte. Selina hielt den Atem an, als sich seine Hände ihrem Gesicht näherten, ihren Hut ergriffen und ihn ein wenig zur Seite neigten. »Jetzt sind Sie bereit«, sagte er.

»Danke«, flüstert sie.

»War mir ein Vergnügen.« Er lächelte. Selina fand, dass er ihr viel zu nahe war; seine Nähe hatte eine ungewohnte Wirkung auf sie. Doch Mr. Malcolm wirkte völlig unbeeindruckt, reichte Selina seinen Arm und führte sie die Treppe des Stadthauses hinunter zu seinem offenen Zweispänner.

Selina war noch immer nicht daran gewöhnt, in einem so schmalen, hoch aufragenden Gefährt zu sitzen. Bisher war sie nur einmal mit Cassie in einem offenen Zweispänner gefahren, und er ließ sich viel zu leicht ablenken, als dass sie Vertrauen gefasst hätte. Doch Mr. Malcolm hatte alles vollkommen unter Kontrolle, und schon bald entspannte sich Selina und begann, sich zu amüsieren.

»Miss Thistlewaite scheint uns daran hindern zu wollen, unsere gegenseitige Gesellschaft zu genießen«, sagte Mr. Malcolm zu Selina, nachdem er sie sicher durch den Londoner Verkehr gelotst hatte.

»Ich bitte um Verzeihung?«, Selina drehte sich um und sah ihn an. Doch seine Miene gab nichts preis.

»Ihre Freundin Miss Thistlewaite. Sie scheint Ausreden zu erfinden, um uns voneinander fernzuhalten.«

»Tatsächlich? Das ist mir gar nicht aufgefallen«, sagte Selina, die nervös an ihrem Handschuh nestelte, um Mr. Malcolms Seitenblick auszuweichen.

»Das muss Ihnen doch aufgefallen sein. Dafür musste man nicht sonderlich klug sein. Miss Thistlewaite war nicht gerade subtil.«

Selina erkannte, dass sie sich dem Thema nicht länger entziehen konnte, indem sie vorgab, sie habe Julias Verhalten nicht bemerkt. »Vielleicht ist Julia nur auf mein Wohl bedacht«, sagte sie.

»Wie das?«

»Nun, Sie haben einen gewissen Ruf als …« Selina zögerte und suchte nach dem richtigen, am wenigsten beleidigenden Wort.

»Frauenheld?«, schlug Mr. Malcolm vor.

»Nun, ja.«

»Herzensbrecher?«

»Das könnte man wohl sagen.«

»Zerstörer der Träume junger Damen?«, betete Malcolm herunter.

»Das ist eine absurde Übertreibung, aber ich habe Gerüchte in dieser Richtung gehört.«

»Und denen schenken Sie Glauben?«, fragte Malcolm.

Selina zögerte und blickte zu Mr. Malcolm hinüber. Er sah so gut und kultiviert aus wie immer, aber sein Ausdruck war ernst, als würde er seine Mimik streng kontrollieren. Während Selina ihn musterte, blickte er zu ihr hinüber und es erstaunte sie, wie verletzlich er mit einem Mal wirkte.

»Ich bin mir nicht sicher, was ich glauben soll«, sagte sie und wurde mit einem Lächeln belohnt.

»Es erleichtert mich, das von Ihnen zu hören, Miss Dalton, denn ich glaube, meinen Ruf nicht zu verdienen. Besonders im Fall von Miss Thistlewaite halte ich mich für unschuldig.«

»Sie sagte, Sie schenkten ihr sehr viel Aufmerksamkeit.«

»Ich begleitete sie in die Oper.«

»Sie begleiteten sie in die Oper«, wiederholte Selina.

»Einmal.«

»War es eine amüsante Oper?«, fragte Selina, der die Absurdität der Situation plötzlich bewusst wurde.

Mr. Malcolm dachte über die Frage nach. »Nein, es

war keine amüsante Oper. Die Sopranistin traf kaum einen Ton und Miss Thistlewaite trug eine Feder im Haar.«

»Eine Feder?«

»Sie streifte an jenem Abend häufig meine Nase und ich hatte das Bedürfnis, zu niesen«, berichtete Malcolm mit ernster Miene. Erst als er Selina einen Blick zuwarf, sah sie das belustigte Blitzen in seinen Augen.

»Ich verstehe Sie vollkommen«, sagte Selina.

»Tun Sie das?«, fragte Malcolm.

»In der Tat. Sie und Miss Thistlewaite sind die Opfer einer Reihe ungeheuerlicher Umstände. Federn und kreischende Soprane sind einer Romanze nicht besonders förderlich. Selbst das größte Liebespaar aller Zeiten würde von derartigen Umständen abgeschreckt«, sagte Selina mit gespielter Ernsthaftigkeit.

»Sie sprechen mich also frei, leichtfertig mit Miss Thistlewaites Zuneigung umgegangen zu sein?«

»Ich fürchte, das kann ich nicht. Sie ließen sich zu leicht abschrecken. Ein aufrichtiger Gentleman hätte es noch einmal versucht. Sie vielleicht zu einem Konzert eingeladen.«

»Aber nach der Oper war mir klar, dass ich nicht an Miss Thistlewaite interessiert bin. Hätte ich ihr weitere Avancen gemacht, hätte ich den Ruf verdient, der mir vorauseilt.«

»Vielleicht haben Sie recht«, sagte Selina. »Arme

Julia. Ich kann ihre Enttäuschung verstehen. Es muss einigermaßen demütigend sein, in einem Gentleman keine stärkere Neigung zu erwecken, als die, zu niesen.«

»Oh, das habe ich nicht gesagt. Miss Thistlewaite hat von Zeit zu Zeit ein anderes Verlangen in mir geweckt.«

»Tatsächlich?«, fragte Selina, die den Eindruck gewann, dass das gerade noch so kurzweilige Gespräch mit einem Mal aus dem Ruder gelaufen war.

»O ja. Gerade heute Nachmittag hatte ich das innige Verlangen, ihr mit meiner Krawatte den Mund zu stopfen.«

Selina lachte ein wenig lauter, als der Witz es wohl erfordert hätte, so erleichtert war sie, dass Mr. Malcolms Verlangen nicht amouröser Art gewesen war. »Bitte lassen Sie uns nicht mehr von Julia sprechen. Ich komme mir wie eine Verräterin vor.«

»Dem komme ich nur zu gern nach. Sprechen wir doch stattdessen über Sie.«

»Über mich?«, fragte Selina überrascht.

»Ja. Bitte erzählen Sie mir von sich.«

»Sie müssen wissen, dass es nichts Effektiveres gibt, eine Konversation zu unterbinden, als jemanden aufzufordern, über sich selbst zu sprechen. Niemand würde freiwillig seine Schwächen preisgeben, und sollten wir über unsere Stärken sprechen, würde man uns zurecht als Angeber bezeichnen.«

»Da haben Sie wohl recht. Sie müssen mir verzeihen, aber bei meinen spärlichen Erfahrungen mit der Damenwelt war diese immer nur zu gern bereit, über sich selbst zu reden«, sagte Mr. Malcolm trocken, und Selina entnahm seinem Tonfall, dass er wohl nicht nur angenehme Erfahrungen mit ihrem Geschlecht gemacht hatte. Auch wenn Sie sich kaum vorstellen konnte, dass sie bei einem derart gut aussehenden Gentleman wie ihm tatsächlich nur *spärlich* gewesen waren. Doch vielleicht hatten ihn seine Ansprüche von zu viel Umgang mit Frauen zurückgehalten. Sie musste sich eingestehen, dass sie dies hoffte. Die Vorstellung, dass er in zahlreiche Affären verwickelt gewesen war, missfiel ihr aus irgendeinem Grund sehr.

Bevor sie antworten konnte, wurde ihre Unterhaltung von einer Männerstimme unterbrochen: »Jeremy Malcolm?«

Malcolm und Selina hatten den Hyde Park umrundet, aber da es noch nicht fünf Uhr war, eine beliebte Zeit für Ausfahrten, gingen bislang eher wenige einem ähnlichen Zeitvertreib nach. Die wenigen Parkbesucher waren hauptsächlich Kindermädchen mit ihren Schützlingen und ein paar einsame Reiter. Einer dieser Reiter hatte sich ihnen genähert und wandte sich an Malcolm.

Mr. Malcolm zügelte die Pferde und wirkte zunächst verärgert über die Unterbrechung, doch dann betrachtete er den Störenfried erfreut. »Henry, alter Junge, was für eine Überraschung! Ich dachte, du wärst mit deinem Regiment im Norden stationiert.«

»Ja, nun, ich habe beschlossen, mich freizukaufen und mich euren Reihen der müßigen Gentlemen-Taugenichtse anzuschließen.«

»Bist du sicher, dass du darauf vorbereitet bist? Es kann ziemlich anstrengend sein.« Malcolm grinste seinen Freund an. Dann erinnerte er sich seiner Begleiterin und sagte an sie gewandt: »Miss Dalton, darf ich Ihnen Mr. Henry Ossory vorstellen?«

»Miss Dalton?«, fragte Mr. Ossory im selben Augenblick, als Selina fragte: »Mr. Ossory?«

Der gut aussehende, blonde junge Gentleman mit Trauerflor blickte erst überrascht und dann erfreut. »Miss Selina Dalton?«, fragte er und lächelte sie an.

Malcolm beäugte sie ein wenig eifersüchtig. »Ich nehme an, Sie beide sind miteinander vertraut?«

»Miss Dalton war der Witwe meines Onkels eine gute Freundin. Ich bin eigentlich hier in London, weil ich ihr für ihre Freundlichkeit meiner Tante gegenüber danken wollte.«

»Ich freue mich sehr, Sie kennenzulernen, Sir«, sagte Selina. »Ich schätzte Ihre Tante sehr und wollte Ihnen schon lange mein Beileid aussprechen.«

»Ich danke Ihnen«, sagte Mr. Ossory und sein strahlendes Lächeln verschwand für einen Moment. »Ich bedaure, dass ich sie nicht mehr gesehen habe, bevor sie verstarb.«

Mr. Ossorys Pferd wieherte und er tätschelte es. »Ich sollte Sie wohl weiterfahren lassen, aber ich würde Ihnen gern einen Besuch abstatten, Miss Dalton, wenn Sie mir Ihre Adresse geben wollen.«

»Ich wohne im Stadthaus der Thistlewaites am Berkeley Square«, sagte sie und nannte ihm die Nummer. »Ich würde mich freuen, Sie empfangen zu dürfen.«

»Ich danke Ihnen. Ich werde Sie in Kürze aufsuchen. Guten Tag, Miss Dalton. Malcolm.« Mr. Ossory ritt davon und Mr. Malcolm und Selina waren wieder allein.

»Was für ein Zufall, dieses Treffen«, sagte Selina, die Mr. Ossory nachblickte.

»In der Tat«, erwiderte Mr. Malcolm ziemlich grimmig.

KAPITEL 4

Als Selina von ihrer Fahrt zurückkam, erwartete sie eine schäumende Julia. Kaum hatte Selina das Haus betreten, stürzte sich Julia auf sie und zog sie in den nun leeren Salon.

»Selina! Warum bist du mit Mr. Malcolm ausgefahren? Wir waren uns doch einig, dass es besser wäre, noch ein paar Tage länger nicht mit ihm allein zu sein, um sein Interesse zu wecken.«

»Es tut mir leid, Julia, aber mir erschien es richtig. Außerdem bin ich mir nicht sicher, ob deine Idee gut ist. Ich mag Mr. Malcolm. Auf mich wirkt er nicht arrogant.«

»Du bist naiv. Ich habe dir gesagt, dass er mit mir gespielt und mich gedemütigt hat.«

»Aber er hat mir gesagt, dass er dich lediglich in die Oper begleitet hat. Das scheint kein allzu abscheuliches Verbrechen zu sein.«

»Hat er die Liste erwähnt? Hat er von meinen Wimpern erzählt?«, fragte Julia, die immer aufgeregter wurde.

»Wie bitte?«, fragte Selina.

»Er ist so kritisch, so verurteilend. Nichts gefällt diesem Mann. Warte nur, bis er dich an seiner Liste misst. Dann wirst du schon merken, wie unangenehm er sein kann.«

»Bitte beruhige dich, Julia. Du bist überreizt«, sagte Selina, die sich nun ernsthaft Sorgen machte. Julia klang regelrecht hysterisch.

»Selina, versprich mir, dass du mir helfen wirst. Ich kann ihm nichts anhaben; er hat die gesamte Londoner Gesellschaft in der Hand. Das ist der einzige Weg, verstehst du?« Julia hatte Selina an den Schultern gepackt, und Selina stellte entsetzt fest, dass sie aussah, als würde sie gleich weinen.

»Ich kann nicht glauben, dass er der Schurke ist, als den du ihn darstellst, Julia. Vielleicht solltest du mehr Zeit mit ihm verbringen, ihn besser kennenlernen.«

Julia stampfte mit dem Fuß auf wie ein bockiges Kind. »Ich will ihn nicht besser kennenlernen! Ich will, dass er genauso gedemütigt wird wie ich.«

»Deine Reaktion ist der Situation nicht angemessen, glaube ich«, sagte Selina, die nun überzeugt war, dass ihre alte Schulfreundin lediglich an verletztem Stolz litt. Es entstand eine lange Pause, in der Julia ihre Fassung wiedererlangte und sich hochmütig aufrichtete.

»Und ich glaube, es war ein Fehler, dich einzuladen. Vielleicht solltest du besser nach Bath zurückkehren.«

Überrascht, dass sie so nachtragend sein konnte, sah Selina Julia an. »Da hast du wohl recht«, sagte sie und wandte sich zum Gehen.

Julia rannte los, um die Tür zu blockieren und Selina am Gehen zu hindern. »Bitte, Selina. Dass du zurück nach Bath gehen sollst, habe ich nicht ernst gemeint. Bitte bleib.«

Selina blickte Julia kalt an. »Ich glaube nicht, dass ich unter diesen Umständen bleiben möchte.«

»Ich verstehe«, sagte Julia und eine Träne rann ihr unbemerkt über die Wange. »Alle ergreifen Partei für ihn«, stellte sie traurig fest.

»Ich ergreife keine Partei …«

»Ist schon gut«, sagte Julia und lächelte tapfer. »Wir kennen uns seit Jahren und Mr. Malcolm kennst du noch keinen Tag, aber mir ist klar, dass ich nicht mit ihm konkurrieren kann. Diese Wirkung hat er auf alle Frauen. Er übt eine Art Macht über sie aus.«

»Er übt keine Macht über mich aus …« setzte Selina an, stockte aber. Konnte Julia recht haben? Selina fühlte sich stärker zu Mr. Malcolm hingezogen als zu jedem anderen Mann, den sie je getroffen hatte. Wann immer seine Hand ihre berührte, wann immer er sie mit diesem perfekten Mund und den ebenmäßigen weißen Zähnen anlächelte, wann immer er sie mit diesen dunkelbraunen Augen ansah, berührte es sie bis ins Innerste ihres Wesens.

Julia beobachtete Selina mit einem wissenden Lächeln. »Ich bitte dich nur, darüber nachzudenken, Selina. Denk einfach darüber nach.«

»In Ordnung, Julia. Das mache ich.«

»Gut!« Julia klatschte freudig in die Hände. Selina wunderte sich, wie sprunghaft sich die Stimmung ihrer Freundin änderte, und hoffte, dass sie nicht erneut Zeugin derartiger Extreme werden würde.

Selina verbrachte eine unruhige Nacht damit, darüber nachzudenken, kam aber nicht zu einem befriedigenden Ergebnis. War Mr. Malcolm ein Schurke, der es sich zur Aufgabe gemacht hatte, Frauenherzen zu brechen, oder war Julia nur eine verwöhnte Göre, die sich rächen wollte? Es war schwer zu sagen, und Selina erkannte schließlich, dass sie die Wahrheit nur herausfinden konnte, wenn sie mehr Zeit in Mr. Malcolms Gesellschaft verbrachte. Da sie sich diese sowieso wünschte, konnte sie sich leicht davon überzeugen, dass dies die beste Vorgehensweise war. Doch beschloss sie, währenddessen ihr Herz zu schützen. Sie wollte nicht die Nächste auf der Liste seiner zahlreichen Eroberungen sein.

Nach dem Frühstück erwarteten sie und die Thistlewaites die morgendlichen Besucher im Salon. Selina hoffte, dass Mr. Malcolm ihr seine Aufwartung machen würde, und konnte angesichts dieser Aussicht ihre Aufregung kaum zügeln. Als Reeves den Damen den ersten Besucher ankündigte, war sie sicher, dass es Mr. Malcolm war.

»Wer ist es, Reeves?«, fragte Mrs. Thistlewaite.

»Ein Mr. Ossory, Madam.«

»Ein Mr. Ossory ist mir nicht bekannt«, sagte Mrs. Thistlewaite verwirrt.

Selina hatte ihre Begegnung mit Mr. Ossory am Tag zuvor fast vergessen, doch auch wenn sie ein wenig enttäuscht war, dass er nicht Mr. Malcolm war, freute sie sich über die Gelegenheit, ihre Bekanntschaft mit dem jungen Gentleman zu vertiefen, von dem Mrs. Ossory immer sehr wohlwollend gesprochen hatte. »Schon gut, Mrs. Thistlewaite«, sagte Selina. »Er ist ein Bekannter von mir. Ich würde ihn gern sehen.«

»Gewiss, Liebes. Führen Sie ihn herein, Reeves.«

Selina begrüßte Mr. Ossory und stellte ihn dann Julia und Mrs. Thistlewaite vor, die ihre Freude ausdrückten, seine Bekanntschaft zu machen. Selina war erneut beeindruckt von seiner stattlichen Erscheinung, und wenn sie nicht schon Mr. Malcolm kennengelernt hätte, wäre sie vielleicht Mr. Ossorys jungenhaft gutem Aussehen und seiner offenen Miene zum Opfer gefallen.

Er unterhielt sich die erforderliche Viertelstunde mit

den drei Damen, bevor er um die Ehre einer Ausfahrt mit Selina bat.

Selina willigte ein, und erneut wurde ihr in eine sportliche Kutsche geholfen, mit der es dann in Richtung Hyde Park ging.

»Ich bin mir nicht sicher, ob Sie sich der Tatsache bewusst sind, dass meine Tante Sie oft in ihrer Korrespondenz mit mir erwähnt hat, Miss Dalton«, sagte Mr. Ossory.

»Nein, das war mir nicht bewusst. Es überrascht mich jedoch nicht. Ihre Tante behandelte mich nie wie eine Bedienstete, sondern immer wie eine liebe Freundin und eine – eine wahre *Gefährtin.*«

»Ich weiß, dass Sie Ihre Mutter sehr mochte und Sie wie eine Enkelin betrachtete. Und aus diesem Grund habe ich Sie aufgesucht. Ich habe es auf ihre Bitte hin getan.«

»Wie freundlich von Ihnen. Ich muss gestehen, dass ich auch recht neugierig auf Sie war. Ihre Tante hat sehr oft von Ihnen gesprochen. Ich bin sehr froh, die Gelegenheit zu haben, Ihre Bekanntschaft zu machen.«

»Mir geht es ebenso. Allerdings muss ich zugeben, dass ich Sie noch aus einem weiteren Grund aufgesucht habe.«

Mr. Ossory hielt inne und schien nicht fortfahren zu wollen.

»Ja?«, forderte Selina ihn auf.

»Ich bin in die Stadt gekommen, um Sie kennenzulernen, weil ich glaube, meine Tante wünschte, wir würden heiraten.«

Selinas Herz begann unangenehm schnell zu schlagen. »Was …«, sie räusperte sich und fuhr dann etwas ruhiger fort, »… was hat Ihnen diesen Eindruck vermittelt?«

»Ihr Brief an mich vor ihrem Tod. Darin schrieb sie: ›Es ist mein Wunsch, dass du Selina kennenlernst. Sie wäre die perfekte Partnerin für dich.‹«

»Oh. Ich verstehe. Dann haben Sie den Brief wohl richtig interpretiert.«

Selina war zu schüchtern, um Mr. Ossory anzuschauen. Es entstand eine unangenehme Stille, bis Selina Mr. Ossory ansah. Ihre Blicke trafen sich und mit einem Mal musste Selina kichern. Mr. Ossory begann ebenfalls zu lachen.

»Ja, ihre Worte waren recht eindeutig. Es sei denn, sie sprach von Cribbage. Sie könnte gemeint haben, sie wären die perfekte Partnerin für eine Partie Cribbage.«

Selina rang um Fassung. »Oder Schach! Könnte Sie nicht Schach gemeint haben?«

Mr. Ossory schüttelte feierlich den Kopf. »Ich fürchte nicht. Meine Tante wusste, dass ich ein sehr schlechter Schachspieler bin.«

Sie lachten immer weiter, während sie erwogen, ob Selina die perfekte Partnerin für eine Partie Kricket oder Siebzehn und vier sein könnte, als sie durch Mr. Malcolms Ankunft unterbrochen wurden. Mr. Malcolm befand sich in der wenig beneidenswerten Lage, seine Begrüßung zweimal wiederholen zu müssen, bevor seine Freunde seine Anwesenheit bemerkten.

»Guten Tag, Henry, Miss Dalton«, sagte er zum zweiten Mal, während er neben dem langsam fahrenden Zweispänner her ritt.

Als sie endlich aufblickten, brachte Mr. Ossory sein Gespann zum Stehen. »Malcolm«, sagte er und seine offene Miene strahlte gute Laune aus. »Wie schön, dich zu sehen.«

»Guten Tag, Mr. Malcolm«, sagte Selina erfreut.

»Wie es scheint, habe ich eine amüsante Diskussion unterbrochen.«

»Oh, es war nichts von Bedeutung. Wir haben lediglich über einen Brief gesprochen, den Mr. Ossory von seiner Tante erhalten hat«, erklärte Selina. Mr. Malcolm, der Mrs. Ossory nie kennengelernt hatte, konnte dazu nichts sagen und die drei verfielen in ein unangenehmes Schweigen.

»Ich habe mich gefragt, ob Sie heute Abend zu Lady Hartleys Ball gehen«, sagte Malcolm schließlich.

»Ich denke schon«, erwiderte Selina.

»Ausgezeichnet. Vielleicht könnten Sie mir den ersten Walzer und den Tanz vor dem Abendessen reservieren.«

»Es wäre mir ein Vergnügen.«

Selina, die bemerkte, dass sie Mr. Ossory aus dem Gespräch ausschlossen, wandte sich an ihn. »Und Sie, Mr. Ossory, kommen Sie heute Abend auch zu Lady Hartleys Ball?«

»Leider nein. Ich bin mit Lady Hartley nicht bekannt.«

Malcolm gelang es nur schwer, ein triumphierendes Grinsen zu unterdrücken. Er war sehr erfreut, seinem sogenannten Freund für einen Abend mit Selina zu entkommen. Dann warf er Selina einen Blick zu, die ihn mit ihrem schönen Gesicht flehentlich ansah.

»Vielleicht könnte ich Sie einander vorstellen«, hörte er sich selbst sagen und wurde mit einem strahlenden Lächeln von Selina belohnt. Das Grinsen auf Henrys Gesicht erfreute ihn weniger, doch es gelang ihm, höflich auf Henrys überschwängliche Dankesbekundungen zu antworten.

»Dann sehe ich Sie beide heute Abend«, sagte Malcolm und ritt davon.

Selina und Mr. Ossory setzten ihre Fahrt fort, aber aus irgendeinem Grund fühlte sich Selina in Mr. Ossorys Gegenwart nicht mehr ganz so zufrieden wie noch wenige Augenblicke zuvor.

Dankbar, einem Treffen mit Julia entgangen zu sein, ging Selina nach ihrer Rückkehr auf ihr Zimmer. Sie wollte sich vor dem langen Abend ausruhen. Ihre bisher einzige Erfahrung mit einem Ball hatte ihr gezeigt, dass sie damit rechnen musste, bis in die frühen Morgenstunden auf den Beinen zu sein.

Sie zog die Vorhänge zurück, die ihr Bett umgaben, und entdeckte dort Julia, vollständig bekleidet und tief schlafend.

»Julia«, sagte Selina.

Sie erhielt keine Antwort.

»Julia«, sagte Selina ein wenig lauter und schüttelte sie sanft.

»Was?«, fragte Julia und blinzelte. »Oh«, sagte sie dann und gähnte. »Ich habe auf deine Rückkehr gewartet. Offenbar bin ich eingeschlafen.«

»Ja, das bist du wohl«, sagte Selina.

Julia setzte sich auf. »Nun, wie war es.«

»Es war recht angenehm.«

»Das glaube ich gern«, sagte Julia. »Mr. Ossory scheint ein angenehmer junger Mann zu sein.«

»Das ist er«, stimmte Selina zu und verschränkte die Arme vor der Brust. Sie fragte sich, welcher neue skrupellose Plan sich unter Julias hübschen Locken formierte.

»Er ist doch nicht an dir interessiert, oder?«

»An mir interessiert?«, fragte Selina.

»Im romantischen Sinne, meine ich.«

»Natürlich nicht.«

Julia seufzte erleichtert. »Ich muss sagen, dass ich froh bin, zu hören ...«

»Er will mich nur heiraten, weil seine Tante es vorgeschlagen hat«, sagte Selina.

»Aber er kann dich nicht heiraten! Das würde all meine Pläne durchkreuzen. Wie soll Mr. Malcolm sich in dich verlieben, wenn du dich mit einem anderen Herrn verlobst?«

»Das würde es erschweren«, stimmte Selina zu.

»Dir gefällt das wohl!«, sagte Julia vorwurfsvoll.

»Oh, Julia, mach dir keine Sorgen. Ich habe nicht vor, mich mit Mr. Ossory zu verloben.« Julia entspannte sich und lächelte. »Jetzt sofort«, fügte Selina hinzu.

»Du willst dich also irgendwann mit ihm verloben?«

Selina wurde ernst. »Ich weiß nicht. Ich muss zugeben, dass ich gehofft habe, in London jemanden zum Heiraten zu finden, weil ich dann meine jüngeren Schwestern in die Gesellschaft einführen könnte. Es ist kein Geheimnis, dass meine Eltern sich das nicht leisten können. Und ich mag Mr. Ossory. Du nicht?«

Julia begutachtete interessiert ihre Fingernägel. »Ich sagte bereits, dass ich ihn angenehm finde«, antwortete sie.

»Er ist äußerst angenehm. Und seine Tante wollte, dass wir heiraten.« Selina warf sich neben Julia auf das

Bett. »Ich habe schon ein sehr vorteilhaftes Angebot abgelehnt und der Gentleman hatte recht, als er sagte, dass ich vielleicht keine weitere Gelegenheit bekäme.«

»Wer war es denn?«

»Ein Mr. Woodbury. Er ist um die fünfundsechzig und ziemlich stämmig. Ich konnte ihn nicht heiraten, nicht einmal meiner Familie zuliebe. Aber Mr. Ossory ist sehr wohlhabend und wie du schon sagtest, recht vorzeigbar. Wäre es so falsch, ihn zu heiraten, selbst wenn ich mich... zu jemand anderem hingezogen fühle?«

»Ich hoffe, du meinst nicht Mr. Malcolm? Es wäre töricht, Gefühle für solch einen Mann zu entwickeln!«, sagte Julia.

»Du hast recht; er bewegt sich in ganz anderen Kreisen. Wahrscheinlich spielt er nur mit meinen Gefühlen.« Selina sah Julia hoffnungsvoll an, die daraufhin nur nickte. »Dann sollte ich Mr. Ossory wohl in seinem Werben ermutigen. Ich mag ihn gern genug.«

Diese Antwort schien Julia auch nicht zu gefallen. »Du solltest nichts überstürzen! Du würdest doch sicher nicht wollen, dass dich ein Gentleman heiratet, nur weil seine Tante ihn darum gebeten hat!«

»Ich bin mir nicht sicher, was ich will«, sagte Selina. »Es ist alles so kompliziert.«

»Es *ist* kompliziert«, stimmte Julia zu. »Und schuld daran ist allein Mr. Malcolm.«

Selina verdrehte die Augen, weil Julia die Angewohnheit hatte, Mr. Malcolm für alles die Schuld zu geben, doch sie konnte nichts dagegen einwenden. Ohne ihn wäre das Leben nicht halb so kompliziert.

KAPITEL 5

Als Selina ihrer Toilette soeben den letzten Schliff verlieh, klopfte es an der Tür. Noch bevor sie antworten konnte, stürmte Julia herein.

Sie trug ein aquamarinfarbenes Kleid mit einem durchscheinenden silbernen Überkleid für den Ball. Um ihren Hals und an ihren Ohren funkelten Diamanten. Selina fand, dass sie wie eine Märchenprinzessin aussah und sagte es ihr.

Julia schien sich über das Kompliment zu freuen. »Danke. Du siehst auch sehr hübsch aus, aber ich dachte, du möchtest dir vielleicht diese für den Abend ausleihen«, sagte sie und deutete auf eine Schachtel in ihrer Hand. Sie öffnete sie und eine Rubinhalskette samt passenden Ohrringen kam zum Vorschein.

»Die sind wunderschön«, sagte Selina. »Aber so etwas Wertvolles kann ich mir nicht ausleihen.«

»Unsinn«, sagte Julia, nahm die Kette aus der Schachtel und legte sie Selina um den Hals. »Ohne Schmuck wirkt dein Hals recht bloß.«

Selina musste zustimmen. Sie war ziemlich schockiert gewesen, als sie nach London gekommen war und festgestellt hatte, dass hier viel tiefere Ausschnitte in Mode waren, als sie es gewohnt war. Sie liebte ihr bronzefarbenes Ballkleid, konnte aber nicht leugnen, dass die Halskette eine Menge entblößte Haut verdeckte.

»Nun, wenn du sicher bist«, sagte Selina und betrachtete erfreut ihr Spiegelbild. Sie erkannte sich kaum wieder. Julias Dienstmädchen hatte ihr Haar zu einem geflochtenen Kranz arrangiert, aus dem ein paar Strähnen fielen, die ihren Hals umspielten. Das bronzefarbene Kleid betonte das Feuer ihrer Haare und ihrer Haut und die Rubinhalskette ergänzte ihre Garderobe perfekt.

»Danke, Julia«, sagte sie. Ab und zu überraschte ihre verwöhnte Schulfreundin sie mit einer großzügigen Geste.

»Gern geschehen«, erwiderte Julia. »Wir können doch nicht zulassen, dass Mr. Malcolm an deinem Aussehen etwas auszusetzen hat.«

»Nein, natürlich nicht«, sagte Selina und seufzte.

Selina stellte überrascht fest, wie erfreut sie war, Cassie an diesem Abend zu sehen. Er begleitete sie zu Lady Hartleys Ball und sie hatte ihn seit ihrem ersten Ball einige Abende zuvor nicht mehr gesehen. Sie hatte das Gefühl, sich in seiner unaufdringlichen Gegenwart entspannen zu können.

Bis er ihr auf den Fuß trat, als er ihr aus der Kutsche half.

Selina schrie vor Schmerz auf, während Cassie sich ausgiebig entschuldigte, Julia ihn einen ungeschickten Tölpel schimpfte und Mrs. Thistlewaite hilflos umherlief und murmelte: »Oje.«

»Schon gut«, zischte Selina durch zusammengebissene Zähne, als sie bemerkte, dass ihre Gruppe Aufsehen erregte. »Würdest du mir bitte deinen Arm reichen, Cassie?«

Selina ging so anmutig wie möglich zum Empfangskomitee und versuchte, ihr ganzes Gewicht auf ihren unverletzten Fuß zu legen. Während sie darauf warteten, ihre Gastgeberin zu begrüßen, war sie dankbar, dass ihr langes Kleid verbarg, dass sie nur auf einem Fuß stand.

Als sie das Empfangskomitee hinter sich gelassen hatten, sank sie auf einen Stuhl am Rande des Ballsaals. Sofort wurden sie und Julia von Gentlemen umringt, die um den ersten Tanz, eine Quadrille, baten. Selina war in einer Zwickmühle. Wenn sie einen der Gentleman ablehnte, würde sie den Rest des Abends nicht mehr tanzen können, aber vor dem nächsten Tanz mit Mr. Malcolm wollte sie ihren Fuß ausruhen.

Cassie kam ihr zu Hilfe. »Miss Dalton hat versprochen, diesen Tanz mit mir gemeinsam auszulassen«, sagte er zu den anderen Gentlemen.

»Danke, Cassie«, flüsterte sie und bewegte vorsichtig den Fuß. Sie wollte unbedingt mit Mr. Malcolm tanzen, darauf hatte sie sich schon den ganzen Nachmittag gefreut. Sie hoffte, dass sie den Walzer schaffte, wenn sie ihren Fuß während des ersten Tanzes schonte. Als die Quadrille zu Ende war, kam Mr. Malcolm auf sie zu, und bei seinem Anblick machte ihr Magen einen komischen kleinen Hüpfer. »Ich glaube, das ist mein Tanz«, sagte er.

Selina nickte, dann erhob sie sich und legte ihm die Hand auf den Arm.

»Darf ich sagen, wie schön Sie heute Abend aussehen, Miss Dalton?«, fragte er, als er sie auf die Tanzfläche geleitete.

»Sie dürfen«, erwiderte Selina und lächelte ihn schelmisch an.

Mr. Malcolm schaute zuerst überrascht, lächelte dann aber zurück. »Sie sehen heute Abend außerordentlich schön aus«, sagte er. »Es gib keine schönere Frau in diesem Saal.«

»Vielen Dank«, sagte Selina und errötete. »Aber ich habe nur gescherzt.«

»Das weiß ich; ich jedoch nicht«, erwiderte er.

Die Musik setzte ein und Mr. Malcolm führte sie selbstbewusst. In den ersten Minuten vergaß Selina ihren verletzten Fuß, so sehr genoss sie das Gefühl, in Mr. Malcolms Armen zu liegen, sein Gesicht nur wenige Zentimeter von ihrem entfernt. Aber je länger sie tanzten, desto stärker wurde der Schmerz, weshalb sie bei jedem Tanzschritt mit dem verletzten Fuß einen kleinen Hüpfer machte, um möglichst wenig Gewicht darauf zu verlagern.

»Stimmt etwas nicht?«, fragte Mr. Malcolm, der sich offenbar fragte, was mit der anmutigen Frau geschehen war, mit der er noch kurz zuvor getanzt hatte. Selina merkte, dass sie nicht länger wie ein Vogel auf und ab hüpfen konnte, und dachte, dass sie weniger Schmerzen hätte, wenn sie sich auf Mr. Malcolm stützte. Deshalb umklammerte sie ihn fest mit der Hand, die bis dahin leicht auf seiner Schulter geruht hatte, und die wenigen Zentimeter zwischen ihnen verschwanden, als Selina sich wie eine Klette an ihn klammerte.

Malcolm kam sich vor, als hätte sich ein wunderbarer Traum plötzlich ein einen Albtraum verwandelt. In einem Augenblick hatte er einen romantischen Walzer mit der schönsten Frau im Saal getanzt, im nächsten trafen ihn die schockierten Blicke des *Ton*, der versammelten High Society, da er dieselbe Frau nunmehr in einer Position herumschwenkte, die eher eines Boudoirs als eines Ballsaals würdig war. Er musste etwas tun, und zwar schnell, weshalb er Selina halb tanzend halb schleppend zur nächsten Tür bugsierte. Sie fanden sich in einem kleinen dunklen Zimmer wieder und sofort ließ Malcolm Selina los.

»Ich verstehe das nicht. Stimmt etwas nicht?«, fragte er sie noch einmal.

»Es tut mir so leid«, sagte Selina und ging einen Schritt auf ihn zu. Doch das erwies sich als Fehler, denn sie hatte ihren armen, geschundenen Fuß benutzt, der sie nicht länger trug. Er gab nach und mit einem erschrockenen Aufschrei klammerte sie sich an Mr. Malcolm fest.

Malcolm fand sich mit Selina an seiner Brust wieder, doch diesmal fragte er nicht, warum. Ein Lichtstrahl fiel durch die leicht geöffnete Tür auf Selina, die er in seinen Armen hielt. Mit leuchtenden Augen sah sie zu ihm auf und ihre Lippen waren nur Zentimeter von seinen entfernt. Sie atmete schnell, ihr Körper lag warm an seinem und ihr Abendkleid offenbarte ihre exquisiten Reize. In der Absicht, den Abstand zwischen ihren Lippen zu überwinden, beugte er sich vor, da sagte sie: »Mein Fuß.«

»Was?«, fragte er und zog sich ein Stück zurück.

Selina sah ein wenig benommen aus. »Cassie ist mir auf den Fuß getreten.«

»Cassie ist Ihnen auf den Fuß getreten«, wiederholte er und konnte nicht glauben, dass sie darüber sprachen, während er diese wunderschöne Frau in seinen Armen hielt.

»Aber ich habe mich so auf unseren Walzer gefreut, dass ich dachte, es würde schon gehen, wenn ich die Quadrille auslasse.«

»Ich verstehe«, sagte Malcolm.

Lächelnd blickten sie einander an, Selina immer noch an Malcolms Brust gelehnt. »Wie fühlt sich Ihr Fuß jetzt an?«, fragte er und senkte langsam den Kopf.

»Ich spüre gar nichts«, sagte sie, bevor er sie zum Schweigen brachte, indem er ihren Mund mit seinem bedeckte.

Malcolms Lippen hatten Selinas gerade berührt, als die Tür aufgerissen wurde. Schuldbewusst sprangen sie auseinander, wobei Malcolm daran dachte, Selina mit dem Arm zu stützen. Beide blinzelten, um sich an das grelle Licht zu gewöhnen, und Malcolm erkannte Julia, bevor die Tür schnell wieder geschlossen wurde.

»Waren das Miss Dalton und Mr. Malcolm?«, hörte Malcolm eine Männerstimme fragen.

»Nein, natürlich nicht. Das waren Lord und Lady Athingamabotmy«, sagte Julia.

»Wie bitte?«

»Es spielt keine Rolle, wer es war. Offensichtlich wünschten sie sich Privatsphäre.«

»Aber Sie sagten doch, Miss Dalton sei in diesem Zimmer«, sagte der Gentleman, dessen Stimme Malcolm nun als die von Henry Ossory erkannte. »Sie hat mir den nächsten Tanz versprochen.«

Die Stimmen verklangen, als das Paar sich entfernte und Malcolm versuchte, Selina erneut in seine Arme zu ziehen. »Sir«, protestierte sie, »ich glaube, wir sollten in den Ballsaal zurückkehren.«

»Diese Frau hat einfach kein Gespür für den richtigen Zeitpunkt«, sagte Malcolm.

Selina lächelte schüchtern. »Wirklich keinerlei«, stimmte sie zu.

»Sind Sie sicher, dass Sie in den Ballsaal zurückkehren wollen?«, fragte Malcolm, durch ihr Lächeln ermutigt. Er war sich seiner eigenen Sehnsüchte äußerst bewusst, und sie hatten so gar nichts mit der Rückkehr in den Ballsaal zu tun.

»Es wäre das Richtige«, sagte Selina.

»Das wäre es, Lady Athingamabotmy«, erwiderte Malcolm und geleitete Selina zur Tür. Wahrscheinlich zog er sie ein wenig enger an sich als nötig, aber Selina beschwerte sich nicht. Im Türrahmen hielt er inne, und Selina sah zu ihm auf. Sie lehnte an ihm, ihr Arm unter seinem, und er beugte sich hinunter und sagte leise: »Manchmal wünschte ich mir den Anstand zum Teufel.«

Bei seinem vertraulichen Ton kribbelte es ungebührlich in Selinas Magen und sie war gezwungen, ihm zuzustimmen.

Malcolm führte Selina zu einem Stuhl und ließ sie dann allein, um etwas Punsch zu holen. Während seiner Abwesenheit näherten sich ihr Julia und Mr. Ossory.

»Guten Abend, Miss Dalton. Sie sehen heute fantastisch aus.«

»Danke, Mr. Ossory.«

»Ich bin gekommen, um meinen Tanz einzufordern.«

Bevor Selina etwas erwidern konnte, mischte sich Julia ein. »Sie hat sich den Fuß verletzt und kann heute Abend nicht tanzen.«

»Aber sie hat gerade erst mit Mr. Malcolm getanzt«, protestierte Mr. Ossory.

»Ganz genau. Dabei hat sie sich den Fuß verletzt«, log Julia.

»Dann werde ich diesen Tanz mit ihr gemeinsam aussetzen«, sagte Mr. Ossory und sein freundliches Lächeln wirkte nun ein wenig angestrengt.

Julia sah Mr. Malcolm mit einem Glas Punsch in der Hand auf sie zukommen, wandte sich an Mr. Ossory und sagte laut: »Vielen Dank, Mr. Ossory, ich würde gerne mit Ihnen tanzen.«

»Wie bitte? Aber ich habe ...«

»Sir, es ist nicht nötig, darauf zu bestehen. Ich habe Ihnen bereits gesagt, dass ich gerne mit Ihnen tanze«, sagte Julia, als Mr. Malcolm Selina ihr Getränk reichte. Der verwirrte und immer noch protestierende

Mr. Ossory wurde von Julia auf die Tanzfläche geschleift.

Malcolm sah Selina an und lächelte. »Vielleicht ist ihr Gespür für den richtigen Zeitpunkt doch nicht so miserabel«, sagte er.

KAPITEL 6

Am nächsten Morgen verkündete Julia beim Frühstück ihre Absicht, eine Dinnerparty zu veranstalten.

»Oh, meine Liebe, ich bin mir nicht sicher, ob das meine armen Nerven verkraften. Eine Dinnerparty sagst du?«, fragte Mrs. Thistlewaite.

»Du kannst beruhigt sein, Mama. Selina und ich werden alles arrangieren.«

»Wen willst du denn einladen?«

»Oh, das weiß ich noch nicht«, sagte Julia mit einem Seitenblick zu Selina. »Vielleicht nur Cassie, seinen Freund Mr. Malcolm und dessen Freund Mr. Ossory.«

»Eine Dinnerparty nur für alleinstehende Gentlemen? Vielleicht solltest du auch einige Damen einladen.«

»Aber dann wäre die Anzahl der Gäste ungerade. Was meinst du, Selina?«, fragte Julia ihre Freundin, die während des Gesprächs zwischen Julia und ihrer Mutter geschwiegen hatte.

Sie antwortete nicht sofort, weshalb Julia noch einmal fragte: »Selina?«

Selina blickte Julia an. »Ich bitte um Verzeihung, ich war in Gedanken. Was hast du gesagt?«

»Ich veranstalte eine Dinnerparty und habe mich gefragt, ob du mir bei den Vorbereitungen helfen würdest.«

»Natürlich.«

»Es sieht nicht so aus, als enthalte dein Brief erfreuliche Nachrichten.«

»Er ist von meiner Mutter. Sie bittet mich, Mrs. Covington, die Witwe meines Großcousins, während meines Aufenthaltes in London zu besuchen.« Selina zog die Nase kraus. »Ich habe sie nur einmal getroffen und wollte diese Erfahrung nicht wiederholen.«

»Warum? Was stimmt mit ihr nicht?«

»Ach, nichts, ich finde nur wenig Gemeinsamkeiten mit ihr. Als ich sie das letzte Mal traf, wollte sie mir nicht glauben, dass ich keinen Verehrer hatte. Sie befragte mich zwanzig Minuten lang dazu, bevor sie mir anbot, mir einen Mann zu suchen. Ich mag mir gar nicht vorstellen, wie sie reagiert, wenn sie herausfindet, dass ich mit zweiundzwanzig immer noch unverheiratet bin. In meinem Alter war sie bereits verheiratet, verwitwet und erneut verheiratet.«

»Es klingt ganz so, als sei sie furchtbar ordinär. Soll ich dich begleiten?«, bot Julia an.

»Wenn du möchtest. Sie wohnt in Hans Town.«

»Was für eine gewöhnliche Adresse. Ich glaube nicht, dass ich schon einmal jemanden in Hans Town aufgesucht habe.« Julia schaute zu ihrer Mutter hinüber, um sicherzugehen, dass sie sie nicht hören konnte, und flüsterte Selina zu: »Was du auch tust, erwähne Mr. Malcolm gegenüber nicht, dass deine Großcousine so ordinär ist. Cassie sagte mir, eine seiner Anforderungen laute: ›Hat vornehme Verwandte‹.«

»Meine Liebe, du musst etwas lauter sprechen. Du weißt, mein Gehör ist nicht mehr das beste. Worüber flüsterst du mit Selina?«, fragte Mrs. Thistlewaite.

Julia wandte sich an ihre Mutter und erhob die Stimme. »Nichts, Mama. Wir besprechen nur die Vorbereitungen für die Dinnerparty.« Mit gesenkter Stimme wandte sie sich wieder an Selina. »Und wo wir gerade davon sprechen, du musst bei der Dinnerparty singen und Klavier spielen.«

»Es überrascht mich, dass Mr. Malcolm sich eine Frau wünscht, wenn er genauso gut einen Tanzbären engagieren könnte!«, antwortete Selina, die vor Wut lauter geworden war.

»O nein. Ein Tanzbär bei einer Dinnerparty wäre nicht angemessen. Vielleicht sollte ich mich doch besser selbst um die Vorbereitungen kümmern«, sagte Mrs. Thistlewaite.

Selina und Julia wurden von Mrs. Covington in den kleinen Salon in ihrer Wohnung in Hans Town geführt. Er sah aus, als hätte sie das Mobiliar aus einer weit größeren Wohnung genommen und so viel wie möglich davon in ihre jetzige Bleibe gequetscht. Als Selina den Blick schließlich auf ihre Großcousine richtete, kam es ihr vor, als hätte Mrs. Covington dasselbe Manöver mit ihrem Kleid versucht. Ihr riesiger Busen drohte, jeden Moment aus dem Mieder zu platzen.

Mrs. Covington war eine achtunddreißigjährige Witwe, die fünfzehn Jahre jünger und mindesten zwölf Kilo leichter wirken wollte. Sie trug ein jugendliches Morgenkleid in Pink und Weiß und ihr unnatürlich helles Haar war in Locken um ihr Gesicht arrangiert.

»Selina Dalton, wie sie leibt und lebt! Als ich dich das letzte Mal gesehen habe, war mein lieber Arnie noch am Leben«, rief Mrs. Covington aus.

»Wie geht es Ihnen, Mrs. Covington«, fragte Selina.

»Mrs. Covington? Warum nennst du mich Mrs. Covington? Mir gegenüber musst du dich nicht so förmlich verhalten, junge Dame. Nenn mich Gertie, wie deine Mutter.«

»Gertie, bitte erlauben Sie mir, Ihnen …«

»Ja, ich wollte dich gerade fragen, wer diese hübsche junge Dame ist. Du hast lange genug gebraucht, um uns vorzustellen. Bitte verzeihen Sie ihr, Miss …«

»Thistlewaite«, sagte Julia.

»Gott, was für ein Zungenbrecher. Miss Thistlewaite. Miss Thistlewaite. Versuchen Sie, das zwanzigmal hintereinander zu sagen.« Gertie lachte laut.

Statt einer Antwort lächelte Julia schwach.

»Wo sind meine Manieren? Bitte kommen Sie und setzen Sie sich. Ich war wegen des Besuchs so aufgeregt, dass ich praktisch an der Tür auf Sie gewartet habe.«

Selina und Julia gingen einige Schritte ins Zimmer hinein, wobei Julia über einen kleinen Schemel stolperte.

»Schieben Sie den einfach aus dem Weg, Miss Thistlewaite. Nach dem Tod meines lieben Mannes vor drei Jahren war ich gezwungen, mich zu verkleinern.«

»Es tat mir so leid, die Nachricht von Großcousin Arnolds Tod zu hören«, sagte Selina und setzte sich vorsichtig auf die Kante einer kleinen Sitzbank, die mit dem Rücken vor einem Sofa stand. Selina fragte sich, wofür man ein Sofa hatte, wenn niemand darauf sitzen konnte.

»Ja, es kam ziemlich unerwartet. Er befand sich in der Blüte seines Lebens. Der Arzt sagte, es war ein Schlaganfall. Aber so nennen sie wohl alles, was sie nicht verstehen. Doch genug von derart deprimierendem Gerede. Ich bin überrascht, dass ich Sie immer noch ›Miss‹ nenne, junge Dame. Du musst jetzt, was, dreiundzwanzig sein?«

»Ich bin zweiundzwanzig Jahre alt.«

»Gott, wie die Zeit vergeht. Ich glaube, als ich dich das letzte Mal sah, warst du fünfzehn. Ich war mir sicher, so ein hübsches Mädchen würde mit siebzehn verheiratet sein. Gütiger Himmel, als ich so alt war wie du, hatte ich bereits meinen ersten Ehemann begraben. Obwohl, unter uns gesagt, war es kein allzu großer Verlust.« Gertie lachte herzhaft über ihren eigenen Witz, und Selina wartete nur darauf, dass sie einen Knopf vom Mieder ihrer Großcousine platzen sah.

»Aber mit Arnie war es etwas ganz anderes«, fuhr Gertie fort. »Die Leute sagten ihm, er hätte unter seinem Stand geheiratet, doch er entgegnete, er habe mich so hoch auf ein Podest gestellt, dass er weit unter mir stehe. Das war sehr galant von ihm, und das sagte ich ihm auch immer. Doch er meinte, es sei nichts als die Wahrheit.« Gertie wischte sich eine Träne weg, und Selina und Julia wechselten einen unbehaglichen Blick. Selina wollte erneut ihr Beileid bekunden, doch Gertie war schon zu einem anderen Thema übergegangen.

Obwohl Selina in der nächsten halben Stunde kaum zu Wort kam, schaffte sie es, die Grüße ihrer Eltern zu überbringen, und dann bereiteten sie und Julia ihren Abschied vor.

»Wollt ihr etwa schon gehen?«, fragte Gertie.

»Aber Gertie, wie sind doch schon viel länger geblieben, als es die Höflichkeit erlaubt.«

»Oh, du weißt doch, dass mich solche Sachen nicht kümmern. Ich habe noch nicht einmal von deinen Verehrern gehört.«

»Es tut mir leid, aber ich kann Miss Thistlewaites Zeit nicht länger beanspruchen. Aber vielleicht kann ich an einem anderen Tag wiederkommen«, sagte Selina zu ihrer eigenen Überraschung. Gertie, die offensichtlich sehr einsam war und sich so sehr über Besuch freute, tat ihr leid.

»Das wäre großartig. Und ich könnte dich auch besuchen. Wo hast du gesagt, wohnst du?«

Selina hatte absichtlich nichts dergleichen erwähnt, aber derart in die Enge getrieben, musste sie die Adresse der Thistlewaites preisgeben.

Als sie sich verabschiedet hatten und sicher in der Kutsche saßen, wandte sich Julia an ihre Freundin und sagte: »Du hast doch nicht vor, sie noch einmal aufzusuchen, oder?«

»Doch, ich denke schon. Sie wirkte sehr einsam, meinst du nicht?«

»Sie fiel uns vor Freude praktisch um den Hals. Sie bekommt sicher nicht viel Besuch.« Julia und Selina schwiegen einen Augenblick. »Sie muss jemanden finden, der sie heiratet. Offensichtlich sehnt sie sich nach einem Mann.«

»Wie kommst du darauf?«, fragte Selina mit deutlich erkennbarer Ironie. Gertie hatte immerhin fast die gesamte halbe Stunde ihres Besuchs damit verbracht, über Männer und die Ehe zu sprechen.

Julia ignorierte Selinas Bemerkung und hing ihren eigenen Gedanken nach. »Ich fürchte, ich kenne niemanden, der zu ihr passen würde. Sie ist so schrecklich ordinär«, sagte sie schließlich.

»Aber sie ist doch durchaus nett«, entgegnete Selina.

»Ja, ich mochte sie recht gern. Auch wenn ich nicht behaupten kann, dass ich sie unbedingt noch einmal besuchen möchte. Ich befürchtete, mich jederzeit an einem schlecht platzierten Möbelstück zu verletzen.«

Selina lachte. »Und ich fürchtete bei ihrem Anblick ein wenig, ich könnte ersticken.«

Als Selina schließlich den wahren Zweck von Julias Dinnerparty erfuhr, war ihr nicht zum Lachen zumute. Es hatte nämlich Cassie Julia darüber informiert, dass ein Punkt auf Malcolms Liste lautete: »Ist musikalisch oder künstlerisch begabt.« Die Dinnerparty sollte Selina Gelegenheit bieten, ihr musikalisches Talent zu präsentieren.

Selina hing Malcolms Liste zum Halse heraus. Wäre dieses verflixte Ding nicht gewesen, hätte ihre natürlich Anziehung ihren Lauf nehmen können. Was bei einer Dame und einem Gentleman hieß, dass auf das

Werben die Heirat folgte. Ohne Julias Einmischung hätte sie Mr. Malcolms Aufmerksamkeit von ganzem Herzen genießen können, ohne das Gefühl zu haben, an einem verachtenswerten Plan beteiligt zu sein.

Selina hasste dieses Gefühl. Sie war von Natur aus offen und ehrlich und alles, was nach Täuschung roch, missfiel ihr. Und die Intrige, in die Julia sie verwickelt hatte, missfiel ihr besonders, weshalb sie beschloss, sich nicht länger daran zu beteiligen. Sie fragte sich, was wohl geschähe, wenn sie die Anforderungen auf Mr. Malcolms Liste nicht erfüllte. Sicherlich wäre dieses alberne Spiel dann beendet.

Julias Dinnerparty war für den Dienstagabend geplant und Selina war entschlossen, es herauszufinden.

Die kleine Gesellschaft bestand aus sechs Personen: Die Damen Thistlewaite, Selina, Lord Cassidy, Mr. Malcolm und Mr. Ossory. Cassie geleitete Mrs. Thistlewaite zum Dinner, Mr. Malcolm folgte mit Selina und den Schluss bildeten Julia und Mr. Ossory. Selina vermutete, dass Julia ein Auge auf Mr. Ossory geworfen hatte. Allein sein Erscheinen auf der Gästeliste wirkte wie ein Beweis dafür, da Julia Mr. Ossory zwar als Bedrohung für ihren Plan betrachtete, Mr. Malcolm in seine Schranken zu weisen, ihn aber doch eingeladen hatte. Leider schien Mr. Ossory Julia immer noch für ein unvermeidbares Übel zu halten und hätte wohl lieber Selina den Hof gemacht. Dennoch gelang es ihm, sich während der zahlreichen Gänge höflich mit Julia zu unterhalten und Selina, die ihm gegenübersaß, nur gelegentlich einen Blick zuzuwerfen.

Selina war Mr. Malcolm gegenüber ein wenig schüchtern, da sie ihm seit dem Abend mit dem vermasselten Walzer und ihrem unterbrochenen Kuss zum ersten Mal begegnete. Sie bemühte sich, Cassie, der zu ihrer Rechten saß, in ein Gespräch zu verwickeln, doch er war viel zu sehr in sein Essen vertieft, sodass sie gezwungen war, sich wieder mit Malcolm zu unterhalten. Leider betraf seine erste Frage den Zustand ihres verletzten Fußes.

»Es ist wieder alles in Ordnung, danke«, sagte sie und errötete heftig.

»Wie schade«, sagte Malcolm und lächelte vielsagend.

»Sie fanden mich wohl sehr anmutig, als ich wie ein verwundeter Vogel herumhüpfte, nicht wahr?«

»Nein, ganz und gar nicht. Mir hat es viel besser gefallen, als Sie aufhörten zu hüpfen und sich auf ihre Hühnerstange begeben haben, um ihre Vogelanalogie fortzusetzen.«

»Vielleicht sollten wir dieses Gespräch gar nicht fortsetzen«, sagte Selina und warf Mr. Malcolm einen warnenden Blick zu.

»Da Sie so herrlich erröten, wäre es eine Schande, aber wenn Sie darauf bestehen, wäre es unhöflich von mir weiterzumachen.«

»Vielen Dank«, sagte Selina und bemühte sich mit aller Kraft, nicht zu erröten.

Eine Pause entstand, als Malcolm sich seinem Essen widmete und Selina um Fassung rang. Dann fragte Malcolm: »Da Sie mir befohlen haben, das Thema zu wechseln, würden Sie mir Ihre Meinung zum Kirchenbaugesetz verraten?«

»Was für eine gewichtige Frage zur Suppe. Vor dem Hauptgericht über Politik zu diskutieren, erscheint mir unangebracht.«

»Da haben Sie wahrscheinlich recht. Aber ich würde wirklich gern ihre Meinung hören.«

Selina sah zu Mr. Malcolm auf, der mit einem Mal sehr ernst dreinschaute. *Ich glaube, er testet mich,* dachte sie verwundert. Unter seinem kritischen Blick wurde sie ein wenig unruhig und wusste nicht, was sie sagen sollte. Was, wenn sie etwas Falsches sagte? Was wollte er hören?

Dann ergriff sie ein erregender Anflug von Wut, gefolgt von wunderbarer Ruhe. Wie konnte er es wagen, über sie zu urteilen. Es war ihr egal, was er dachte.

»Nun, als Tochter eines Geistlichen ist mir natürlich wichtig, dass es für alle Menschen Gotteshäuser gibt. Jedoch kann ich mich des Eindrucks nicht erwehren, dass die Million Pfund, die für diesen Zweck beiseitegelegt wurde, exorbitant ist. Ich glaube, mit dieser Maßnahme beabsichtigt unsere Regierung, die Radikalen zu unterdrücken und die Anarchie in Schach zu halten, wenn sie jedoch einen Teil der Gelder zur Verbesserung des Loses der Armen verwendete, würde dies denselben Zweck erfüllen, aber auf eine wahrhaft christliche Art. Ich glaube nicht, dass Jesus Christus, ›der keinen Ort hat, wo er sein Haupt hinlegen kann‹ und der häufig die Armen speiste, mit einem aufwendigen Bauwerk in seinem Namen zufrieden wäre, obwohl die Gemeindemitglieder kaum genug zu essen haben.«

Selina war während ihrer Rede von Leidenschaft übermannt worden, und als sie bemerkte, dass ihre Stimme lauter geworden war, brach sie verlegen ab und schaute zu Malcolm hinüber. »Ich entschuldige mich für die Predigt, aber Sie haben mich nach meiner Meinung gefragt.«

»Und ich hätte es besser wissen müssen, die Tochter eines Geistlichen zu fragen. Ich bin sicher, ihr Vater selbst könnte keine eloquentere Predigt halten«, sagte er und lächelte.

»Was ist Ihre Meinung?«

»Tatsächlich bin ich derselben Meinung«, sagte Malcolm. »Obwohl ich nicht glaube, dass ich es so gut hätte ausdrücken können wie Sie.«

Selina, die die Anerkennung in seinem Blick spürte, erkannte, dass sie seinen Test bestanden hatte. Einen Augenblick lang war sie erfreut, bis ihr einfiel, dass sie den Abend mit dem Vorsatz begonnen hatte, seine Anforderungen *nicht* zu erfüllen.

Daran erinnerte sie sich noch einmal, als die Gentlemen nach dem Abendessen wieder zu den Damen stießen und Julia ankündigte, dass Musik gespielt werden sollte.

»Selina, würdest du uns mit einem Lied beehren?«, fragte Julia.

»Es tut mir leid, Julia, aber ich bin überhaupt nicht musikalisch. Mir zuhören zu müssen, wäre sicher keine Freude.«

Auf Selinas ruhige Ankündigung folgten ganz unterschiedliche Reaktionen. Cassie wirkte erfreut, denn begabt oder nicht, er empfand es als Strafe, einer Dame beim Klavierspielen zuzuhören. Mr. Ossory sah so sympathisch aus wie immer und lächelte bei Selinas Geständnis. Mr. Malcolm wirkte ein wenig ungehalten, dachte Selina, vielleicht sogar überrascht. Julia sah natürlich verärgert aus, brachte jedoch ein kleines Glucksen zustande.

»Oh, Selina, was bist du doch für ein Spaßvogel. Natürlich bist du musikalisch. Erst gestern habe ich dich spielen hören. Sie ist ziemlich talentiert«, versicherte sie Mr. Malcolm.

Selina wollte weiter dagegenhalten, aber da Julia so unerbittlich entschlossen wirkte, wollte sie keine Szene machen. Ihr blieb keine andere Möglichkeit, als für die

Gesellschaft zu spielen. *Aber,* dachte sie bei sich, als sie sich an das Klavier setzte, *deshalb muss ich ja noch lange nicht gut spielen.*

Mit dem Vorsatz, die meisten Noten auszulassen, begann sie mit einer Beethovensonate, stellte jedoch fest, dass das gar nicht so einfach war. Ihre Finger flogen automatisch über die Tasten, spielten die Noten, die sie auswendig gelernt hatte und die ihr in Fleisch und Blut übergegangen waren, und erst, als sie die Hälfte schon hinter sich hatte, bemerkte sie, dass es zu spät war, die Anwesenden von ihrem Unvermögen zu überzeugen.

Als sie geendet hatte, schaute sie verlegen zu ihrem Publikum. Cassie, der ihr geglaubt hatte, dass sie nicht musikalisch sei, wollte sie trösten. »Das war gar nicht so schlecht«, sagte er und lächelte sie aufmunternd an.

»Mein lieber Freund, es war alles andere als schlecht. Es war großartig«, stellte Malcolm fest. »Aber Miss Dalton, ich verstehe nicht. Warum wollten Sie uns weismachen, sie hätten kein Talent? Spielen Sie nicht gern vor anderen?«

»Nein, daran liegt es nicht«, sagte Selina und fragte sich, wie sie ihr seltsames Verhalten erklären sollte. »Ich dachte, wenn ich behaupte, Talent zu haben, wären alle enttäuscht, wenn ich jedoch behaupte, kein Talent zu haben, wäre jede meiner Darbietungen akzeptabel.«

»Sie war durchaus akzeptabel«, sagte Mr. Ossory. »Spielen Sie doch noch ein Stück.«

»Nein, nein. Jetzt ist Julia an der Reihe«, sagte Selina und wandte sich an ihre Freundin. »Hättest du Lust, für uns zu singen? Julia hat eine schöne Singstimme.«

Julia lehnte bescheiden ab, war dem Vorschlag aber offensichtlich nicht abgeneigt. Dies war ihre Chance, vor Mr. Ossory zu glänzen. Sie war eine begabte Sängerin und Selina fand, dass sie ein hübsches Bild abgab, als sie vor ihnen sang und sich dabei selbst auf dem Klavier begleitete.

Selina war in Gedanken so sehr mit Mr. Malcolm beschäftigt, dass sie ihrem Gespräch mit Mr. Ossory kaum Beachtung geschenkt hatte. Sie fragte sich, ob es ein Fehler war, ihn nicht zu ermutigen. Allem Anschein nach war er ein schätzenswerter junger Gentleman und Selina nahm an, dass sie mit ihm ein sehr angenehmes Leben haben würde. Sie schob diese Überlegungen beiseite und blickte zu Mr. Malcolm, der sie durchdringend ansah, und sofort schlug ihr Herz in einem schnelleren Rhythmus, was bei der Betrachtung von Mr. Ossory eindeutig nicht der Fall gewesen war. Und mit einem Mal wirkte die Vorstellung eines »angenehmen Lebens« sehr unbefriedigend.

KAPITEL 7

Am Tag nach der Dinnerparty saßen Julia, Selina und Cassie im Salon der Thistlewaites und sprachen über die gelungene Zerstreuung des Vorabends. Selina hatte das seltsame Gefühl, diesen Moment schon einmal erlebt zu haben und erinnerte sich an ihr erstes Treffen bei ihrer Ankunft vor drei Wochen. Es kam ihr vor, als wäre es schon sehr lange her, dass sie in diesem Raum gesessen hatten und über ihren Plan, Mr. Malcolm zu erobern, gesprochen hatten.

Und nun befürchtete Selina, selbst diejenige zu sein, deren Herz in Gefahr war.

Was ihre Fortschritte betraf, war Julia jedoch äußerst optimistisch, und selbst Cassie, der seiner Cousine gern widersprochen hätte, meinte, sein Freund sei verliebt in Selina. Cassie erzählte den beiden, Malcolm habe nach der Dinnerparty sehr positiv über Selina gesprochen.

»Er sagte, er verehre sie über alle Maßen. Zuerst war er von ihrem Witz und ihrem Humor beeindruckt, aber er war besorgt, dass sie nicht ernsthaft genug sei, was auf einen ungefestigten Charakter hindeute. Doch er sagte, dass diese Sorge nach dem letzten Abend aus dem Weg geräumt sei.«

»›Nicht ernsthaft genug. Ein ungefestigter Charakter.‹ Er urteilt vorschnell«, bemerkte Selina verärgert. »Hätte ich mich auf einem Ball in eine politische Diskussion einlassen sollen?«

»Siehst du, Selina, es ist so, wie ich dir gesagt habe. Diesem Mann kann man es schlicht nicht recht machen. Wenn du nicht mit ihm gescherzt hättest, hätte er dich als humorlos getadelt«, sagte Julia.

Cassie bemerkte, dass er wieder einmal ins Fettnäpfchen getreten war. »Ich habe ihn wahrscheinlich falsch zitiert. Manchmal benutzt er so lange Wörter ... Er hat sich sehr lobend geäußert. Er sagte, dass Selina fast alle Anforderungen auf seiner Liste erfülle, doch er müsse sie noch auf ein paar andere testen.«

»Und darauf soll ich mich also freuen, ja? Von Mr. Malcolm getestet zu werden?«, fragte Selina.

Bevor Cassie antworten konnte, wurden sie durch Reeves unterbrochen, der eine Besucherin ankündigte.

»Mrs. Covington«, sagte Reeves.

»Guten Morgen, guten Morgen«, sagte Gertie, als sie ins Zimmer eilte. Sie trug ein leuchtend pfirsichfarbenes Kleid, das für den Anlass ungehörig tief ausgeschnitten war, und hatte die blonden Haare mit einer riesigen, blumengeschmückten Haube bedeckt.

»Großcousine Gertie. Wie schön, Sie wiederzusehen«, sagte Selina und blickte hilfesuchend zu Julia.

»Bitte setzen Sie sich doch, Mrs. Covington«, sagte Julia.

»Ich dachte, wir hätten uns auf Gertie und Julia geeinigt. Weiß der Himmel, ich kann Ihren Nachnamen kaum aussprechen, ohne zu spucken, obwohl ich das wohl gar nicht zugeben sollte.«

Selina fand, das wäre besser gewesen, doch bevor sie überhaupt etwas sagen konnte, lenkte Cassie die Aufmerksamkeit mit einem Hüsteln auf sich, und Julia stellte ihn Gertie vor.

Gertie war ganze dreißig Sekunden lang sprachlos, als sie erkannte, dass ein Lord anwesend war, und in die Stille hinein kündigte Reeves noch einen weiteren Besucher an.

»Der Ehrenwerte Mr. Malcolm«, sagte er.

»Gütiger Himmel! Ein Ehrenmann und ein Lord«, rief Gertie, und Selina schämte sich ihretwegen.

Julia stellte sie noch einmal vor, und Mr. Malcolm erklärte, er fühle sich geehrt, Mrs. Covingtons Bekanntschaft zu machen.

»O nein, Sir, ich bin diejenige, die sich geehrt fühlt. Ich war noch nie im selben Raum mit einem Lord und einem Ehrenwerten. Obwohl ich mir nicht ganz sicher bin, was ein Ehrenwerter eigentlich ist. Es ist das nächstbeste hinter einem Lord, oder?«

»Ich bin der jüngere Sohn eines Earls«, sagte Malcolm und wirkte ein wenig betroffen.

»Nun, das ist wirklich schade. Denn Sie sehen aus wie ein Lord, viel mehr als dieser junge Gentleman dort«, sagte Gertie und deutete auf Cassie. »Nichts für ungut, mein Herr. Sie scheinen ein guter Kerl zu sein, aber Mr. Malcolm sieht einfach würdevoller aus.«

»Ist schon gut. Ich weiß, dass ich nicht der würdevolle Typ bin«, erklärte Cassie.

Julia entschied, dass jemand die Situation unter Kontrolle bringen musste. »Cassie, Mrs. Covington würde sicherlich gern eine Ausfahrt unternehmen. Wahrscheinlich hat sie nicht oft die Gelegenheit dazu und würde sich über einen solchen Ausflug freuen, nicht wahr, Mrs. Covington?«

»Das wäre sehr freundlich, aber seine Lordschaft hat vielleicht andere Pläne für den Nachmittag.«

Cassie wollte schon nicken, doch Julia sah ihn streng an. »Nein, ganz und gar nicht. Ich würde mich sehr freuen, Sie auf eine Spritztour mitzunehmen.«

»Nun, vielen Dank. Ich bin froh, dass ich mich heute so vernünftig gekleidet habe. Eigentlich wollte ich ein anderes Kleid anziehen, fand es aber ein wenig zu unreif. Es gibt nichts Schlimmeres als eine Frau in den Mittzwanzigern, die sich wie eine Debütantin kleidet.«

Niemand wusste etwas auf eine so offensichtliche Unwahrheit zu erwidern, also brach Cassie schließlich das Schweigen, indem er vorschlug, sie sollten sich verabschieden.

»Natürlich, natürlich. Nach zwei Gängen zum Altar habe ich gelernt, dass Gentlemen es nicht mögen, wenn man sie warten lässt. Julia, Selina, ich besuche euch alsbald wieder.«

»Wir freuen uns darauf«, sagte Selina und Cassie verließ mit Gertie den Raum.

»Wie sind sie mit Mrs. Covington bekannt?«, fragte Malcolm die Damen, nachdem Gertie gegangen war.

»Sie ist ...«, setzte Selina an.

»... meine Großcousine«, unterbrach Julia.

Selina sah Julia verwirrt an und fragte sich, warum sie behauptete, Gertie sei ihre Verwandte, wenn Selina selbst es nicht zugeben mochte.

»Eine angeheiratete Großcousine, meine ich«, stellte Julia klar.

»Ich verstehe. Bedeutet ihre Anwesenheit hier, dass Sie beschlossen haben, sie in die Gesellschaft einzuführen?«, fragte Mr. Malcolm.

»O nein. Natürlich nicht. Mir ist nur aufgefallen, dass sie einsam ist seit dem Tod ihres Mannes ...«

»Arnold«, flüsterte Selina.

»Arnold«, fuhr Julia fort. »Deshalb habe ich ihr einen Besuch abgestattet und sie eingeladen, dasselbe zu tun. Ich wollte nicht, dass sie allein zu Hause sitzt.«

Eine angespannte Stille senkte sich über die Anwesenden im Salon. Malcolm war gekommen, um Selina zu einer Ausfahrt einzuladen, aber wegen Julias Bemerkung, sie wolle nicht, dass Mrs. Covington allein zu Hause säße, fühlte er sich unwohl. Selina war immer noch verärgert über Malcolm wegen des Kommentars gegenüber Cassie, und Julia fragte sich, wie sie es bewerkstelligen sollte, dass Selina und Malcolm allein sein konnten.

In diesem Moment kam Mrs. Thistlewaite in den Salon und war ein wenig überrascht, im Mittelpunkt der Aufmerksamkeit zu stehen.

»Oh, entschuldigen Sie mich«, sagte sie, als wäre sie in einen fremden Salon und nicht in ihren eigenen hereingeplatzt. »Ich wollte nicht stören.«

»Schon gut, Mrs. Thistlewaite. Ich wollte mich sowieso gerade verabschieden«, sagte Malcolm, bevor er sich an Selina wandte. »Miss Dalton, hätten Sie Lust, mit mir auszufahren?«

»Oh. Das wäre wundervoll«, erwiderte Selina nicht besonders enthusiastisch.

Mr. Malcolm blickte sie forschend an, dann sagte er: »Sie müssen nicht mitkommen, wenn Sie nicht wollen.«

»Natürlich will ich. Lassen Sie mich nur schnell meinen Hut holen«, sagte sie, stand auf und verließ den Salon. Julia entschuldigte sich, um Selina in ihr Zimmer zu folgen.

»Selina«, sagte Julia, als sie im Zimmer waren. »Verrate Mr. Malcolm nicht, dass Gertie deine Großcousine ist. Ein Punkt auf seiner Liste lautet: ›Hat vornehme Verwandte.‹«

»Deshalb hast du sie also als deine Großcousine ausgegeben. Ich muss zugeben, dass ich das ein wenig merkwürdig fand.«

»Ja, aber ich hielt es für das Klügste. Also erwähne Mr. Malcolm gegenüber nichts Gegenteiliges.«

»Das werde ich nicht, Julia.« Selina setzte ihren Hut auf. »Ich verspreche, alles zu sein, was er sich von einer Frau wünscht: geistreich, humorvoll, ernst, nüchtern, vornehm, musikalisch … alles gleichzeitig.«

»Ausgezeichnet«, sagte Julia.

Selina stöhnte verzweifelt und Julia sah sie überrascht an. »Selina, ist alles in Ordnung?«

»Ja, natürlich, was sollte denn sein? Ich bereite mich nur auf meine Rolle vor.«

Schließlich erkannte Julia Selinas Ironie. »Ich weiß, dass das nicht angenehm für dich ist, Selina, aber bald ist es vorbei.«

»Ja, ich weiß. Ich bin mir nicht sicher, ob das meine größte Hoffnung oder meine größte Angst ist«, seufzte Selina, überprüfte ein letztes Mal ihr Aussehen und verließ das Zimmer.

Anfangs fuhren sie schweigend, bis Mr. Malcolm schließlich sagte: »Sie sind heute Nachmittag sehr reserviert.«

»Ich bitte um Verzeihung«, sagte Selina. »Das Wetter ist heute Nachmittag sehr schön, nicht wahr?«, fragte sie und versuchte, besser gelaunt zu wirken.

Malcolm blickte zum Himmel auf, der voller bedrohlicher dunkler Wolken war. »Sie müssen keine Konversation betreiben. Schweigen ist mir lieber, als jemand, der nichts zu sagen hat, wie diese Mrs. Covington. Was für eine Erscheinung, nicht wahr? Ich bin froh, dass ich nicht Miss Thistlewaite den Hof mache.«

»Wie bitte? Was wollen Sie damit sagen?«

Selinas energischer Ton schien Malcolm zu überraschen. »Nichts, ehrlich. Es ist doch offensichtlich, dass ich möchte, dass die Verwandten meiner zukünftigen Frau ein gewisses Maß an Vornehmheit besitzen.«

»Und wenn es nicht so ist?«, fragte Selina.

»Sie sehen ziemlich grimmig aus. Ich verstehe nicht, warum Sie sich so aufregen. Es ist doch rein theoretisch. Ich mache schließlich nicht Julia Thistlewaite den Hof, sondern…« Er hielt inne und sah ein wenig verlegen aus. »Nun, ich denke, es ist ziemlich offensichtlich, wem ich den Hof mache, nicht wahr?«

»Aber wenn Sie Julia den Hof machten und hätten Mrs. Covington kennengelernt, würde es Ihre Meinung über Julia beeinträchtigen?«

»Nun, das müsste es doch, oder nicht? So etwas muss man schließlich berücksichtigen, wenn man eine Heirat in Betracht zieht.« Malcolm blickt zu Selina, die die Stirn runzelte. »Warum schauen Sie so grimmig? Sagen Sie nicht, dass Sie auch derart vulgäre Verwandte wie Mrs. Covington haben?«

Selina zwang sich zu einem Lächeln. »Nein, das würde ich Ihnen nicht sagen.« *Nicht, nachdem Julia es mir verboten hat,* dachte Selina.

»Das freut mich.«

Sie hatten den Park erreicht und Mr. Malcolm nickte jemandem in einer vorüberfahrenden Kutsche zu, hielt aber nicht an. Er blickte zu Selina hin und fragte sich, ob er sie nach Hause bringen sollte. Ganz offensichtlich hatte er sie verärgert. Vielleicht hielt sie seine Haltung gegenüber Mrs. Covington für arrogant. Aber sie hatte schon vorher missgestimmt gewirkt. Mit einem Mal kam ihm der Gedanke, sie könnte ihn nicht leiden. Er war so sehr daran gewöhnt, von allen Frauen angehimmelt zu werden, dass diese Vorstellung völlig neu für ihn war. Zum ersten Mal dachte er daran, dass sie, auch wenn sie alle Anforderungen auf seiner Liste erfüllte, seinen Antrag vielleicht nicht annehmen könnte.

In ihrem rostbraunen Kutschenkleid, das genau zu ihrem Haar passte, sah sie an diesem Nachmittag außergewöhnlich schön aus. Auch wenn sie nicht die schönste Frau war, die er je gesehen hatte, schockierte ihn ihre Schönheit jedes Mal, wenn er sie erblickte. Nicht nur ihre äußere Erscheinung übte einen außerordentlichen Reiz auf ihn aus, sondern auch ihre Charaktereigenschaften zogen ihn an: ihre Vitalität, ihr Humor, ihre Intelligenz, ihre Liebenswürdigkeit. Sie war alles, was er sich von einer Frau wünschte. Und nun fragte er sich, was sie sich von einem Mann wünschte.

»Warum sind Sie nach London gekommen, Miss Dalton?«, fragte er.

Sie wirkte ein wenig erschrocken über die plötzliche Frage und dachte kurz darüber nach. »Weil ich einsam war«, antwortete sie schließlich.

»Das ist interessant«, sagte Mr. Malcolm und Selina sah ihn an. »Ich war auch einsam, bevor Sie nach London kamen.«

Selina lächelte zur Antwort, und Malcolm kam es vor, als wäre die Sonne endlich herausgekommen, obwohl es immer noch vollkommen bewölkt war.

»Ich möchte Sie für einige Tage auf mein Anwesen in Kent einladen, und ich würde mich sehr freuen, wenn Sie kämen«, sagte er.

»Ihre Einladung ehrt mich, aber ich bin ein Gast der Thistlewaites …«

»Oh, sie werden auch meine Gäste sein. Und natürlich Cassie.«

»Und Mr. Ossory?«

»Wenn Sie möchten«, sagte Malcolm ein wenig ungehalten, dass der Mann ihr so schnell in den Sinn kam. »Meine Mutter wird die Rolle der Gastgeberin übernehmen. Ich dachte, vielleicht würden Ihre Eltern auch gern kommen.«

»Vielen Dank. Ich werde ihnen schreiben und sie fragen«, sagte Selina.

»Wenn Sie mir ihre Adresse geben, schicke ich ihnen gern selbst eine Einladung.«

Selina gab ihm die Information, auch wenn sie dem Aufenthalt zwiespältig gegenüberstand. Wenn ihre Eltern eine Einladung von einem Mann bekämen, den sie noch nie getroffen hatten, würden sie bestimmt annehmen, Selina stünde kurz vor der Heirat. Die Dinge entwickelten sich sehr schnell und Selina befürchtete, sie könnten ebenso schnell ihr Ende erreichen. Und da sie in Julias dumme Intrige verwickelt war, war sie sicher, dass das Ende nicht sehr glücklich ausfallen würde.

Der Rest der Fahrt verlief freundschaftlicher als der Beginn, und Selina vergaß langsam ihre Verärgerung über Mr. Malcolm und spürte, wie ihre früheren Gefühle für ihn zurückkehrten. Sie genoss seine Gesellschaft aufrichtig. Und als er sie bei der Taille fasste, um ihr von der Kutsche herunterzuhelfen, erkannte sie, wie stark seine körperliche Anziehung auf sie war. In seiner Gegenwart war sie so nervös und aufgeregt wie noch nie in ihren zweiundzwanzig Jahren.

Doch dann geschah etwas, das Selinas ambivalente Gefühle zurückbrachte. Als Malcolm sie losließ und sich umwandte, um zum Haus zu gehen, stellte sie fest, dass ihr Kleid unter seinen Fuß geraten war. Sie hörte etwas reißen und blickte bestürzt auf die zerrissene Rüsche am Saum ihres Kleides.

Malcolm entschuldigte sich sofort und als Selina zu ihm aufblickte, um ihm zu versichern, dass alles in Ordnung war, fragte sie sich, ob er diesen Vorfall geplant hatte. Er wirkte weder überrascht noch, als täte es ihm leid, sondern musterte sie aufmerksam, als wolle er ihre Reaktion beurteilen.

Ist das erneut einer seiner dummen Tests, fragte sich Selina, als sie weiter zum Haus ging und ihm noch einmal versicherte, es sei nicht schlimm.

»Es tut mir leid, dass ich so ungeschickt war, aber ich bin erleichtert, dass sie mir so schnell verziehen haben«, sagte Mr. Malcolm.

»Oh, ich bin nicht nachtragend, besonders nicht wegen einer Kleinigkeit wie einer zerrissenen Rüsche«, sagte Selina, und als sich ein Lächeln auf Malcolms Gesicht ausbreitete, wurde ihr klar, dass sie wieder einmal eine der Anforderungen auf dieser verflixten Liste erfüllt hatte.

KAPITEL 8

Mr. Malcolm begleitete Selina in den Salon und sprach seine Einladung für den mehrtägigen Aufenthalt auf seinem Anwesen gegenüber Julia und Mrs. Thistlewaite aus, bevor er sich verabschiedete. Julia freute sich darüber, besonders als sie herausfand, dass Mr. Ossory ebenfalls eingeladen war.

»Hadley Hall wird dich sehr beeindrucken, Selina«, sagte Julia. »Es wurde vor einhundert Jahren im Stil des Palladianismus erbaut und die riesige Eingangshalle gilt als einer der schönsten klassizistischen Räume in ganz England.«

»Das klingt sehr beeindruckend. Warst du schon einmal dort?«

»Nein, bisher habe ich nur darüber gelesen. Aber ich habe mir immer gewünscht, sie einmal zu sehen, und freue mich über die Gelegenheit.«

Julia hatte offenbar kein schlechtes Gewissen, die Gastfreundschaft eines Mannes anzunehmen, an dem sie sich rächen wollte. Selina konnte nur vermuten, wie bequem es sein musste, ein so ruhiges Gewissen zu haben. Sie selbst betrachtete den Besuch mit einer gehörigen Portion Besorgnis.

Und doch konnte sie nicht leugnen, dass sie auch ein wenig neugierig war. Sie wollte Mr. Malcolms Mutter kennenlernen und sein Anwesen sehen. In einer solchen Umgebung würden sie sicher mehr Zeit miteinander verbringen als in London. Endlich würde sie herausfinden, ob Malcolm der arrogante Schurke war, als den Julia ihn beschrieb und als der er sich manchmal verhielt, oder ob er der Mann ihrer Träume war, den sie ebenfalls in ihm sah.

Selina fragte sich, ob sie anders für Mr. Malcolm empfunden hätte, wenn sie nichts von der Liste gewusst hätte, und musste sich eingestehen, dass dies wohl zutraf. Wenn man sich nicht bewusst war, dass man ausgemessen wurde wie ein Paar Schuhe, wäre es nicht so beunruhigend gewesen. Immerhin maß Selina ihn auch an verschiedenen Kriterien, wenn auch nicht so offensichtlich. Auch sie stellte Anforderungen an ihren zukünftigen Ehemann. Das war nicht arrogant, sondern pragmatisch.

Und bisher hatte Mr. Malcolm Selinas Anforderungen alle bis auf eine übertroffen: Von ihrem Ehemann erwartete sie Bescheidenheit.

Julia erzählte Selina, dass sie noch einen letzten Ball besuchen sollten, bevor sie die Stadt verließen. »Da Lady Cynthia Sommers ihn veranstaltet, die, wie jeder weiß, verzweifelt nach einem Ehemann sucht, würde ich normalerweise nicht hingehen. Aber ich habe Mr. Malcolm gefragt, ob er anwesend sein wird, und da er bejahte, sollten wir die Einladung auch annehmen.«

»Und wird Mr. Ossory ebenfalls dort sein?«, fragte Selina.

»Ich glaube, er hat so etwas erwähnt. Was für ein Ärgernis dieser Mann geworden ist. Ich werde ihn wieder einmal ablenken müssen, damit er dich nicht völlig mit Beschlag belegt.«

»Ich weiß deine Bemühungen zu schätzen«, sagte Selina.

Julia, die entweder den Sarkasmus in Selinas Ton nicht erkannte oder sich weigerte, darauf einzugehen, erwiderte nur, das sei nicht der Rede wert.

Selina machte es nichts aus, dass sie noch einen letzten Ball besuchen musste. Sie tanzte sehr gerne und die Bälle, die sie seit ihrer Ankunft in London besucht hatte, stellten die vergleichsweise kleinen Zusammenkünfte in ihrem Heimatdorf in den Schatten. Die Gesellschaftszimmer in Bath waren sehr schön, aber da Mrs. Ossory diese nicht besuchte, war Selina auch nur einmal dort gewesen. Julia erzählte Selina, dass in London während der Saison jeden Abend ein Ball stattfand und es üblich war, an jedem Abend zwei oder drei Veranstaltungen zu besuchen, weshalb Julia das aktuelle Angebot gesellschaftlicher Ereignisse im Vergleich spärlich vorkam. Doch Selina war einen derart vergnügungssüchtigen Lebensstil nicht gewohnt und war froh, nicht zum Höhepunkt der Saison gekommen zu sein. Sie sah jedem Ball mit Spannung, anstatt mit Langeweile entgegen.

Und besonders freute sie sich auf den heutigen Ball. Doch sie musste zugeben, dass sie nicht dieselbe Vorfreude empfunden hätte, wenn Mr. Malcolm nicht auch dort gewesen wäre.

Sie wurden von Lady Cynthia und ihren Eltern begrüßt, und Selina fragte sich, warum die Lady derart verzweifelt nach einem Ehemann suchte, wo sie doch so schön war. Aber ihre Schönheit wurde durch ihre hochmütige Miene etwas getrübt, und Selina überlegte, ob vielleicht ihr Charakter ihre Chancen ruinierte. Die einzige Person, die Lady Cynthia anlächelte, war Cassie, der errötete und den Kopf senkte. Selina erkannte, dass Julia die Wahrheit gesagt hatte: Nur die verzweifeltsten Frauen würden Cassie so verführerisch anlächeln.

Als Selina den Ballsaal betrat, wurde sie sofort von Mr. Malcolm angesprochen. Er musste auf sie gewartet haben, und sie freute sich über dieses Zeichen seiner Wertschätzung. Sie glaubte immer mehr, dass sie das vorsichtige Behüten ihres Herzens aufgeben und es seiner Obhut überlassen könnte. Sie hatte den Eindruck, dass er sie wirklich mochte. Besonders, wenn er sie so ansah wie jetzt.

»Guten Abend, Miss Dalton.« Er beugte sich tief über ihre Hand.

»Mr. Malcolm«, antwortete sie und machte einen Knicks.

»Darf ich um diesen Tanz bitten?«

»Es wäre mir ein Vergnügen.«

Als sie jedoch erkannte, dass es sich um eine Quadrille handelte, verflog ihre Freude ein wenig, da sie auf einen Walzer gehofft hatte. Trotzdem, sie tanzte gern, besonders mit Mr. Malcolm, und als sich Julia und Cassie zu ihnen gesellten, begrüßten sie sie mit einem Lächeln. Ein weiteres Paar kam hinzu, das Selina nicht kannte, und dann erschien Lady Cynthia mit einem eher ungepflegten Gentleman mittleren Alters. Selina war ein wenig bestürzt, dass sie gezwungen sein würde, seine Hand zu ergreifen.

Doch als die Musik einsetzte, vergaß sie Lady Cynthia und ihren Partner. Diese Quadrille war anders als alle, die sie bisher getanzt hatte. Malcolm folgte den Tanzschritten perfekt, aber es war klar, dass seine Aufmerksamkeit hauptsächlich Selina galt. Mit einem Mal war es wie ein raffiniertes Katz- und Mausspiel, bei dem sie von Mr. Malcolm weggewirbelt wurde, nur um wieder zu ihm zurückzukehren, seine Hand war warm und fest, sein Blick verließ ihren nur, wenn die Tanzschritte sie trennten. Selina ertappte sich dabei, wie sie vor Freude lächelte. Dass Lady Cynthias Miene sich verfinsterte, bemerkte sie nicht.

Als der Tanz endete, führte Mr. Malcolm sie von der Tanzfläche. Er sagte sehr wenig und schlenderte nur mit ihr um die Tanzfläche herum. Schließlich geleitete er sie zu einem Stuhl, der halb hinter einer Säule versteckt war. »Bitte warten Sie hier«, sagte er. »Ich werde Ihnen etwas zu trinken holen. Ich sollte Sie wahrscheinlich zu Mrs. Thistlewaite zurückbringen, aber ich werde wohl so selbstsüchtig sein und Sie eine Weile ganz für mich behalten.«

»Da ich an ihrem Plan nichts auszusetzen habe, muss ich wohl auch selbstsüchtig sein«, erwiderte Selina. Mr. Malcolm lächelte, hob ihre Hand an seine Lippen und ging.

Selina starrte verträumt ins Leere und ließ Musik und Gespräche an sich vorüberziehen, bis die Erwähnung von Malcolms und ihrem eigenen Namen sie erschrocken aufhorchen ließ.

»Was halten Sie von Mr. Malcolms Aufmerksamkeiten für Miss Dalton?«, fragte ein Mann. Selina, die den ersten Teil der Frage überhört hatte, entging jedoch nicht das hochmütige »Pfff« der angesprochenen Person.

»Sie machen wohl Witze. Mr. Malcolm und Miss Dalton?« Ein spöttisches Lachen war zu hören. Selina beugte sich vor, um hinter der Säule hervorzulugen und bemerkte einigermaßen überrascht, dass die beiden kaum drei Meter von ihr entfernt waren. Es handelte sich um Lord Sylvester Mountjoy und Lady Cynthia Sommers. »Sie ist ein Niemand«, fuhr Lady Cynthia fort. »Ihr Vater ist Landpfarrer. Jeder weiß, wie anspruchsvoll Mr. Malcolm ist. Offensichtlich verbringt er nur zu seinem eigenen Vergnügen Zeit mit ihr.«

»Die Dame, wie mich dünkt, gelobt zu viel«, sagte Lord Sylvester, aber Selina konnte ihn nicht mehr sehen. Sie hatte sich hinter die Säule zurückgezogen, mit einem Mal sehr verlegen bei der Vorstellung, man könnte sie entdecken.

Sie wusste nicht, warum es ihr peinlich sein sollte, dass sie die Bemerkungen gehört hatte; wäre sie couragierter gewesen, wäre sie aufgestanden und hätte die beiden zur Rede gestellt, doch sie befürchtete, dass Lady Cynthia nur allzu recht hatte. Und auch wenn sie gerne glauben wollte, dass Malcolm in sie verliebt war, woher sollte sie wissen, wie es tatsächlich um seine Zuneigung stand?

»Miss Dalton.«

Selina blickte erschrocken auf und sah Mr. Malcolm vor sich stehen, ein Glas Punsch in der Hand. Sie fragte sich, wie viel, wenn überhaupt, er mitbekommen hatte.

War er gerade erst angekommen? Vielleicht hatte er nichts gehört.

»Mr. Malcolm. Danke, dass Sie mir einen Punsch geholt haben. Nach diesem lebhaften Tanz bin ich ziemlich durstig«, sagte Selina und streckte die Hand nach dem Glas aus. Sie war schockiert, als Mr. Malcolm es auf den Boden stellte, ihre Hände ergriff und sich vor sie kniete.

»Miss Dalton, bitte nehmen Sie sich das, was Sie gerade gehört haben, nicht zu Herzen.«

»Ich weiß nicht, was Sie meinen«, sagte Selina, unfähig Mr. Malcolm in die Augen zu schauen und versuchte, ihre Hände aus seinem Griff zu befreien.

»Sie müssen nicht so tun, als wäre nichts geschehen. Ich habe gehört, wie Lady Cynthia sagte, dass ich nur mit Ihnen spiele. Und wenn ich es gehört habe, müssen Sie es auch gehört haben. Doch so ist es nicht.«

»Nicht?«, fragte Selina, gab den Versuch auf, ihre Hände zu befreien und erwiderte Mr. Malcolms Blick. Er sah sie unverwandt an.

»Nein, ist es nicht. Ich weiß um meinen Ruf – wir haben sogar schon darüber gesprochen –, aber Sie haben nichts zu befürchten. Ihre Wertschätzung ist mir zu wichtig, um sie aufs Spiel zu setzen, und ich frage mich, ob nicht ich es bin, der Angst haben sollte.«

»Unfug. Was hätten Sie zu befürchten?«, flüsterte Selina. »Es macht mir Angst, dass die bloße Berührung

Ihrer Hand…« Er hielt inne und hob ihre Hand an seine Lippen, »…mein Herz so stark erschüttert.« Er drückte ihre Hand an seine Brust, doch Selinas Herz schlug selbst so schnell, dass sie nicht sagen konnte, ob das stakkatoartige Klopfen, das sie spürte, seins oder ihr eigenes war. »So etwas kann doch nicht gesund sein, oder?«, fragte Mr. Malcolm. Selina konnte nur den Kopf schütteln. »Aber noch furchtbarer ist der Gedanke, dass Sie so plötzlich, wie Sie in jener Nacht in der Bibliothek erschienen sind, auch wieder verschwinden könnten. Dass ich eines Morgens erwachen und herausfinden könnte, dass Sie eine ›ganz liebliche Erscheinung und entzückend, wie zu des Augenblickes Schmuck gesandt.‹ Denn Sie erscheinen mir zu perfekt, um real zu sein.«

»Sie machen sich unnötig Sorgen, Sir. Ich bin alles andere als perfekt und nur allzu real.«

»Damit ich das bestätigen kann, sollte ich vielleicht Ihren Herzschlag fühlen«, sagte Mr. Malcolm und streckte eine Hand nach ihrer Brust aus.

»Mr. Malcolm!«, rief Selina und wich zurück. Dann sah sie das amüsierte Funkeln in seinen Augen.

»Das schien mir ein fairer Tausch«, sagte er.

»Sie werden mir wohl glauben müssen«, erwiderte Selina und versuchte, sich ein Lächeln zu verkneifen.

»Hmm. Das werde ich wohl. Zumindest für den Augenblick.« Mr. Malcolm erhob sich aus seiner knienden Position und reichte ihr seinen Arm. Zu aufgeregt, um zu antworten, stand Selina ebenfalls auf.

Hadley Hall lag in Kentish Weald, weniger als eine Tagesreise von London entfernt. Zur Grenze von Sussex war es ebenfalls nicht weit, sodass es auch für Selinas Eltern bequem zu erreichen war. Als die Kutsche in die lange Einfahrt von Hadley Hall einfuhr, verkrampfte sich Selinas Magen vor Vorfreude.

Zu Selinas großer Erleichterung war Mrs. Thistlewaite eingeschlafen. Die ersten Stunden der Reise hatte sie sich gesorgt, weil sie glaubte, etwas vergessen zu haben, aber nicht wusste, was. Julia und Selina waren stillschweigend übereingekommen, sie nicht zu wecken, und so verbrachten sie den letzten Teil der Reise schweigend. Selina war zu aufgeregt, um zu schlafen, und als sich die Kutsche Hadley Hall näherte, schaute sie fasziniert aus dem Fenster.

Sie sah einen schön gestalteten Park mit einem künstlich angelegten See, flankiert von einem palladianischen Herrenhaus aus gelben Ziegeln. Die Größe überraschte sie, und als sie aus der Kutsche stieg, konnte sie sich nur staunend umsehen. Mrs. Thistlewaite war endlich aufgewacht und stolperte gefolgt von Julia aus der Kutsche.

»Ist es nicht beeindruckend?«, fragte Julia Selina.

»Ja, das ist es«, sagte Selina. »Ich komme mir vor, als wäre ich nach Rom gereist.«

Selbst für den Monat Juli war es ein ungewöhnlich heißer Tag, und das Wetter verstärkte Selinas Eindruck, auf magische Art in eine andere Zeit und an einen anderen Ort versetzt worden zu sein. Bevor sie ihre Unterhaltung fortführen konnten, kam Mr. Malcolm aus dem Haus und nahm sie am Fuß der Treppe in Empfang.

»Ich freue mich, Sie in meinem Haus begrüßen zu dürfen«, sagte er zu den drei Damen, aber es war offensichtlich, dass er sich besonders über Selinas Ankunft freute.

»Hadley Hall ist beeindruckend«, sagte Selina.

»Vielen Dank. Ich hoffe, die Innenräume gefallen Ihnen ebenso gut. Darf ich Sie hinein begleiten?« Er bot Selina den Arm an und Julia und Mrs. Thistlewaite folgten ihnen.

Er führte sie in die Eingangshalle, einen fünfzehn Meter hohen Raum mit einer von Alabastersäulen gestützten Kassettendecke. In den Nischen standen Büsten von griechischen und römischen Göttern.

»Die Decke ist ein Entwurf von Inigo Jones«, erklärte Mr. Malcolm, und Selina konnte zur Antwort nur nicken.

Die Haushälterin hatte sie an der Tür empfangen, und Mr. Malcolm bat sie, die Damen zu ihren Zimmern zu führen. »Meine Mutter erwartet Sie im großen Salon, aber ich dachte, Sie möchten sich zuvor erst einmal erfrischen.«

»Das wäre reizend«, sagte Selina, und Julia und Mrs. Thistlewaite stimmten zu.

Die Damen wollten sich gerade gemeinsam auf den Weg machen, als Mr. Malcolm rief: »Miss Dalton.«

Selina drehte sich um. »Ja?«

»Ihre Eltern werden morgen ankommen«, erklärte er, lächelte sie zärtlich an, senkte die Stimme und fügte hinzu: »Ich bin sehr froh, dass Sie hier sind.« Sein Lächeln war nicht im Geringsten arrogant. Tatsächlich wirkte er viel entspannter und zufriedener, als sie ihn in der Stadt je erlebt hatte.

»Ich bin auch sehr froh, hier zu sein«, erwiderte Selina, bevor sie sich wieder zu den anderen Damen gesellte.

Selina fand sich in einem sehr schönen Zimmer mit Blick auf den See wieder. Es wurde das Blaue Zimmer genannt, war mit einem blau-weiß gemusterten Stoff tapeziert und auch die Bettwäsche war blau-weiß gemustert. Es gab eine kleine Fensterbank, auf die sich Selina sinken ließ, nachdem sie das Auspacken ihrer Sachen beaufsichtigt hatte und allein war.

Einen solchen Ort hätte sie sich in ihren kühnsten Träumen nicht ausdenken können. Sie hatte gewusst, dass Mr. Malcolm wohlhabend war und ein schönes Anwesen besaß, doch bis heute hatten sie diese Worte nicht beeindruckt. Mit einem Mal wurde ihr klar, was es bedeutete, von einem solchen Mann beachtet zu werden.

Selina war sittsam erzogen worden, jedoch nicht überbehütet. Auch wenn ihre Familie nicht wohlhabend war, fehlte es ihnen an nichts, und sie hatten die Gunst von Lord Musgrove genossen, einem entfernten Verwandten, dem ihr Vater seine Anstellung als Vikar verdankte. Sie hatte sich in seinem Herrenhaus genauso zu Hause gefühlt, wie in ihrem Elternhaus. Und als sie das kleine Dorf verließ, um als Mrs. Ossorys Gesellschafterin zu arbeiten, hatte sie in einem eleganten Stadthaus gelebt und durch Mrs. Ossory reiche angesehene Damen und Gentlemen kennengelernt.

Doch Hadley Hall war luxuriöser als alles, was sie bisher gesehen hatte. So viel Reichtum schüchterte sie ein. Und die Vorstellung, dass Mr. Malcolm sie für eine geeignete Herrin seines Anwesens hielt, machte sie demütig.

Sie hörte es an der Tür klopfen. »Herein«, sagte sie.

Die Tür öffnete sich. »Selina, es ist Zeit, zum Tee hinunterzugehen«, sagte Julia.

»Jetzt schon?«, protestierte Selina, erhob sich aber.

»Ich hatte gehofft, ich könnte für immer auf diesem Fensterplatz sitzen bleiben.«

Julia schwieg einen Moment und sah sich gründlich um. »Ich glaube, dein Zimmer ist größer als meins«, bemerkte sie schließlich.

»Vielleicht wollte er dich neben deiner Mutter unterbringen«, vermutete Selina.

»Vielleicht«, antwortete Julia, doch Selina wusste, dass sie es als weiteres Zeichen gegen Mr. Malcolm wertete.

Selina wünschte sich wieder einmal, dass ihre Freundin Mr. Malcolm nicht so ablehnend gegenüberstünde, sah aber ein, dass es sinnlos war, mit ihr darüber zu streiten. Mrs. Thistlewaite wartete vor der Tür auf sie, und am Fuß der Treppe wurden die drei Damen von einem Hausdiener empfangen, der sie in den Salon führte.

An den Wänden des Salons, die mit karminrotem Samt bezogen waren, hingen zahlreiche Gemälde. Die Wirkung war recht opulent, doch der Salon war nicht nach Selinas Geschmack. Sie bevorzugte die klassizistische Eingangshalle und ihr elegantes und doch nüchternes Schlafzimmer. Bevor sie sich weiter umsehen konnte, wurde sie von Mr. Malcolm abgelenkt, der aufstand, um sie zu begrüßen.

Selinas Herz schlug unangenehm schnell, als Mr. Malcolm sie und die Thistlewaites seiner Mutter, Lady Kilbourne, vorstellte.

Lady Kilbourne war eine hübsche, elegante Frau mittleren Alters. Ihr Haar war ergraut, aber Selina nahm an, dass es früher einmal so dunkel gewesen war wie das ihres Sohnes. Sie sahen sich sehr ähnlich, einschließlich des Teints und der braunen Augen. Lady Kilbourne lächelte Selina freundlich an, doch Selina war von ihr eingeschüchtert. Sie war *zu* elegant, und Selina wurde sich sofort aller Mängel ihrer Garderobe bewusst. Mr. Malcolms Mutter saß aufrecht auf dem Sofa und ihre Miene war schwer zu lesen. Die Damen wurden gebeten, sich zu setzen, und ihnen wurde Tee serviert. Während dies geschah, hielt Lady Kilbourne die Lider halb gesenkt und wirkte ein wenig müde. Selina nahm etwas Brot und Butter und wünschte dann, sie hätte sich anders entschieden, da sie zu nervös war, um etwas zu essen.

»Miss Dalton, mein Sohn hat mir erzählt, sie seien in Sussex aufgewachsen«, sagte Lady Kilbourne.

»Ja, Mylady.«

»In welchem Teil von Sussex?«

»In einem kleinen Dorf in der Nähe von Chailey«, sagte Selina. Sie wünschte sich, Julia oder Mrs. Thistlewaite würden etwas zum Gespräch beitragen.

»Und Ihr Vater ist dort als Vikar tätig?«

»Ja, Mylady.«

»Und Ihre Mutter? Sind ihre Verwandten auch aus Sussex?«

»Ja, Mylady«, sagte Selina ein drittes Mal und kam sich vor wie ein dummes Huhn. »Der Name ihrer Familie ist Kingswater«, sagte sie, froh, endlich mehr als eine einsilbige Antwort geben zu können.

»Kingswater«, wiederholte Lady Kilbourne nachdenklich. »Ich fürchte, ich kenne keine Kingswaters«, sagte sie schließlich und trank einen Schluck Tee.

Selina wusste nicht, was sie darauf erwidern sollte. Sie hatte das Gefühl, schuld daran zu sein, dass Lady Kilbourne die Familie ihrer Mutter nicht kannte. Zum Glück wandte sich Lady Kilbourne an die Thistlewaites und begann, mit ihnen zu sprechen. Selina war dankbar für die Gnadenfrist und bemühte sich, ein wenig Brot und Butter zu essen.

Zum Rest der Unterhaltung während der Teestunde trug sie kaum etwas bei, was wohl ein Glück war, wenn man bedachte, wie wenig Esprit sie bisher gezeigt hatte. Nach dem Tee fragte Mr. Malcolm, ob die Damen eine Führung durch das Haus wünschten.

Mrs. Thistlewaite und Julia lehnten ab, da sie sich vor dem Abendessen ausruhen wollten.

»Und Sie Miss Dalton?« Mr. Malcolm sah Selina an.

Selina blickte zu Lady Kilbourne, die sie freundlich, aber immer noch mit halb gesenkten Lidern anlächelte. »Ja, ich würde gerne das Haus besichtigen«, sagte Selina etwas zögerlich. Sie wollte nicht aufdringlich wirken. »Ein Haus wie Hadley Hall habe ich noch nie gesehen«, erklärte sie Lady Kilbourne.

»Es gibt kein anderes Haus wie dieses«, sagte Lady Kilbourne.

»Nun denn«, sagte Mr. Malcolm und erhob sich. »Sollen wir beginnen?«

Selina stand auf und entschuldigte sich bei den anderen. Lady Kilbourne erinnerte sie daran, sich nicht zu viel Zeit zu lassen, da das Abendessen pünktlich um sieben Uhr serviert werden würde.

Sie begannen ihren Rundgang in der Statuengalerie, einem langen, schmalen Raum, der von Fenstern gesäumt war, in denen Marmorstatuen standen.

»Das ist mein Lieblingszimmer«, sagte Mr. Malcolm. »Wenn wir eine große Feier wie einen Ball veranstalten, servieren wir hier das Abendessen.«

»Es ist sehr schön«, sagte Selina und bewunderte den lichtdurchfluteten Raum, der von der Nachmittagssonne erhellt wurde. Er war nicht so pompös wie der Salon, und Selina entspannte sich ein wenig.

Sie gingen langsam durch den Raum und hielten immer wieder inne, um eine der Statuen zu betrachten. Vor einem Kunstobjekt blieben sie stehen und schließlich bemerkte Selina, dass Mr. Malcolm nicht das Objekt, sondern sie betrachtete.

»Fühlen Sie sich hier wohl?«, fragte Mr. Malcolm, als Selina ihn anblickte. »Sie haben sich hoffentlich nicht den Fuß verletzt?«

»Ganz und gar nicht, mir geht es gut. Warum fragen Sie?«

»Beim Tee schienen Sie nicht Sie selbst zu sein. Bisher haben Sie sich nur einmal so seltsam benommen, und an dem Tag hatten Sie eine Fußverletzung.«

Selina lächelte. »Ich wünschte, ich könnte über eine Verletzung meiner Zunge berichten, die meine einsilbigen Antworten erklären könnte, doch so eine Ausrede habe ich leider nicht. Ich muss wohl an einem Anfall von Schüchternheit gelitten haben.«

»Das ist merkwürdig. Schüchtern habe ich Sie noch nie erlebt.«

»Nun, Sie müssen zugeben, dass all diese Pracht eher einschüchternd ist«, sagte Selina mit einer weiten Geste durch die Galerie.

»Ich kann die Wirkung nur erahnen«, sagte Mr. Malcolm.

Selina sah zu ihm auf und stellte fest, dass sein Blick starr auf sie gerichtet war.

»Ich glaube nicht, dass Sie irgendetwas einschüchtert«, sagte Selina.

»Ist meine Anwesenheit wirklich so furchterregend?«

»Ja.«

Malcolm lachte. »Ach, kommen Sie, Sie übertreiben. So furchterregend kann ich nicht sein. Meine Nichte und mein Neffe sind erst fünf und sechs, und sie vergöttern mich. Wenn ich kleinen Kindern keine Angst mache, kann es doch nichts geben, was eine junge Dame von – was, fünfundzwanzig?«

»Zweiundzwanzig!«, sagte Selina, ein wenig verärgert darüber, dass er sie für älter hielt, als sie war.

»Habe ich Sie mit meiner Vermutung beleidigt?«, fragte Malcolm. »Ich habe diese kleine List entwickelt, um das wahre Alter einer Dame herauszufinden. Wenn man zu hoch schätzt, rücken sie sofort mit der Wahrheit heraus. Fragt man sie hingegen direkt, wollen sie es in der Regel nicht verraten.«

»Sie sind sehr gerissen. Wie ich sehe, muss ich mich vor Ihnen in Acht nehmen.«

»Ganz und gar nicht. Ich bin töricht genug, meine kleinen Geheimnisse zu verraten. Von mir haben Sie nichts zu befürchten. Ein echter Manipulator hätte Ihnen nicht offenbart, dass er Sie manipuliert hat«, sagte Mr. Malcolm und lächelte sehr manipulativ, wie Selina fand. Sie war sich sicher, dass er mit diesem Lächeln fast alles erreichte, was er wollte.

»Wie ich sehe, haben Sie sich das alles bereits zurechtgelegt, um Ihr Verhalten zu rechtfertigen«, sagte Selina.

»Ganz genau. Wenn ich Ihnen zum Beispiel sage, dass ich Sie manipuliert habe, mit mir das Anwesen zu besichtigen, damit ich einen Kuss stehlen kann, war ich keineswegs hinterhältig, denn ich habe Ihnen meinen Plan ja verraten.«

Selina spürte ihr Herz ein wenig schneller schlagen, obwohl Mr. Malcolm keine Anstalten gemacht hatte, sie zu berühren. Und doch gelang ihr eine unbekümmerte Antwort. »Aber dann ist Ihr Plan zum Scheitern verurteilt, denn jetzt bin ich gewarnt und kann mich vor Ihrem Annäherungsversuch schützen.«

»*Ist* mein Plan denn zum Scheitern verurteilt?«, fragte Mr. Malcolm und legte Selina den Arm um die Taille.

»Ja, natürlich«, erwiderte Selina und schmiegte sich in seine Arme.

Dieser Kuss war befriedigender als ihr erster Kuss auf Lady Hartleys Ball. An diesem Abend hatten Malcolms Lippen die ihren kaum berührt, und er hatte die Arme viel zu kurz um sie gelegt. Jetzt umarmte er sie so innig, dass sie seine kräftige Brust an ihrer spüren konnte. Diesmal berührten seine Lippen ihre fest und verweilten dort, bis sie fürchtete, entweder aus Luftmangel oder aufgrund einer plötzlich auftretenden Schwäche in Ohnmacht zu fallen.

Bevor sie einem der beiden zum Opfer fiel, hob Malcolm den Kopf. »Sie haben vergessen, sich zu schützen«, sagte er.

»Wie bitte?«

»Ich habe Sie gewarnt, dass ich Sie küssen werde, also können Sie mir meine Tat nicht vorwerfen.«

»Das haben Sie«, sagte Selina und sammelte sich. »Dann bin ich wohl gezwungen, Ihnen zu vergeben.«

»Gut. Denn das ist das letzte Mal, dass ich Sie warnen werde«, sagte er und küsste sie noch einmal.

Als Lady Kilbourne Selina beim Abendessen fragte, was ihr an der Hausführung am besten gefallen hätte, fiel ihr die Antwort schwer. Sie erhaschte einen vielsagenden Blick von Mr. Malcolm und spürte, wie sie errötete.

»Ich glaube, die Statuengalerie hat Ihnen am besten gefallen, nicht wahr?«, fragte Mr. Malcolm.

»Ja, sie hat mir sehr gefallen«, sagte Selina, bevor ihr klar wurde, wie Mr. Malcolm ihre Worte interpretieren würde. »Das heißt, ich fand die Statuengalerie am angenehmsten.« Malcolms Grinsen wurde noch breiter. »Der Marmor war exquisit«, sagte Selina dankbar, dass sie endlich etwas gesagt hatte, das Mr. Malcolm nicht falsch verstehen konnte.

»Und welche Statue hat Ihnen am besten gefallen?«, fragte Malcolm.

»Jeremy!«, tadelte ihn seine Mutter. »Siehst du nicht, dass du Miss Dalton in Verlegenheit bringst?« Lady Kilbourne wandte sich an Selina. »Machen Sie sich keine Sorgen, Miss Dalton. Sie sind nicht die Erste, die die Statuen ein wenig schockierend findet. Als meine Schwester noch lebte, gab sie eine Hausführung, und eine der Damen sagte später, es sei schade, dass man die Nacktheit der Männer nicht verbergen könne, denn der Anblick mache die Beobachterinnen doch recht verlegen.«

Selina lächelte Lady Kilbourne an und war dankbar, dass sie sich für sie einsetzte, auch wenn ihre Verlegenheit weniger den Statuen als Mr. Malcolms Küssen zuzuschreiben war.

Doch Selinas Bescheidenheit schien Lady Kilbourne zu beeindrucken (oder vielleicht war es auch ihre Fähigkeit, in ganzen Sätzen zu sprechen), denn nach dem Essen taute Lady Kilbourne immer mehr auf. Als sich alle in den Salon zurückzogen, bat Lady Kilbourne Selina, für sie zu spielen.

»Mein Sohn sagte, Sie seien eine sehr begabte junge Dame.« Lady Kilbourne lächelte Selina an.

Selina erklärte sich freundlich bereit, doch sobald sie ihr Stück beendet hatte, beeilte sie sich, Julia als nächste Künstlerin vorzuschlagen. Denn sie hatte bemerkt, dass Julia irritierte, wie viel Aufmerksamkeit ihr zuteilwurde.

KAPITEL 9

Am folgenden Nachmittag trafen die restlichen Gäste ein. Cassie und Mr. Ossory kamen zuerst, dann Mr. und Mrs. Dalton.

Selina stellte ihre Eltern vor und versuchte, sie durch die Augen der anderen zu sehen. Mr. Dalton war nicht so vornehm wie die anwesenden Gentlemen, aber er war ordentlich und nüchtern gekleidet, wie es seinem Beruf entsprach. Er war ein stattlicher Herr von fünfzig Jahren und ganz offensichtlich hatte Selina viel von seinem guten Aussehen geerbt.

Mrs. Dalton war mit fünfundvierzig immer noch attraktiv, aber nicht so anmutig wie ihre Gastgeberin. Im Gegensatz zur schlanken und eleganten Lady Dalton war Mrs. Dalton mollig und mütterlich. Aber ihre Eltern verhielten sich mit Anmut und Würde, und Selina war stolz auf sie.

Nach dem Tee teilten sich die Anwesenden in kleinere Gruppen auf. Cassie und Mr. Ossory gingen mit Malcolm zu den Ställen. Die Thistlewaites und Lady

Kilbourne beschlossen, sich vor dem Abendessen in ihren Zimmern auszuruhen. Selina und ihre Eltern fragten, ob sie einen Spaziergang über das Gelände machen dürften, und Mr. Malcolm wies ihnen den Weg zu den Gärten an der Südseite des Hauses.

Arm in Arm spazierten sie einige Minuten schweigend, Mrs. Dalton flankiert von ihrem Mann und ihrer Tochter. Selina, die schon einen Tag Zeit gehabt hatte, um die Pracht von Hadley Hall zu bewundern, fragte sich, ob ihre Eltern genauso überwältigt waren wie sie am Tag zuvor.

»Also, Selina«, sagte Mr. Dalton schließlich, »wir waren ziemlich überrascht, eine Einladung nach Hadley Hall zu erhalten.«

»Das kann ich mir vorstellen«, sagte Selina.

»Mr. Malcolm scheint ein sehr netter junger Herr zu sein«, sagte Selinas Mutter.

»Oh, Mama, du magst ihn? Ich bin so froh«, sagte Selina, und wandte sich strahlend an ihre Mutter, die ihre Hand ergriff, sie drückte und das Lächeln ihrer Tochter erwiderte.

»Wir kennen ihn erst seit einer Stunde, Millicent«, wandte Mr. Dalton ein.

»Und es war eine sehr angenehme Stunde«, sagte seine Frau schelmisch und sah ihrer Tochter in diesem Augenblick sehr ähnlich. Ihr Mann lächelte kurz und tätschelte ihre Hand, dann wurde er wieder ernst.

»Mr. Malcolm ist alles, was die meisten Eltern erfreulich finden würden: Er ist wohlhabend und gut vernetzt in der Gesellschaft. Aber weißt du, Selina, deine Mutter und ich verlangen mehr als das für dich.

»Du wurdest dazu erzogen, Tugend über Reichtum zu stellen und Schönheit des Charakters über bloße körperliche Attraktivität. Mr. Malcolm kommt aus einer anderen Schicht. In seiner Welt wird Moral belächelt, Ehen werden aus Profitgründen geschlossen und das Leben wird mit müßigen, eitlen Beschäftigungen verbracht. Man muss sich doch nur die Aktivitäten des Prinzregenten und seiner Brüder ansehen, um zu erkennen, wie es ist.«

»Du hast recht, Papa, aber ich denke, dass er durch sein Interesse an mir zeigt, dass er sich von seinesgleichen unterscheidet.«

»Das stimmt. Du bist weder die Tochter eines Adeligen, noch wohlhabend genug, um dich aus diesem Grund zu heiraten. Aber du bist eine hübsche junge Dame, und körperliche Anziehung und dauerhaftere Gefühle wurden schon oft verwechselt.«

»Dein Vater wäre in deinem Alter fast dem Gesang einer Sirene zum Opfer gefallen, meine Liebe. Wer weiß, was passiert wäre, wenn ich ihn nicht beschützt hätte«, sagte Mrs. Dalton.

»Du hast mich also beschützt?«, fragte Mr. Dalton mit hochgezogenen Augenbrauen.

»Du musst mir nicht danken«, erklärte Mrs. Dalton.

Amüsiert musterte Selina ihre Eltern. So war es immer schon gewesen. Ihre Mutter hielt ihren Vater davon ab, zu lange zu dozieren, ihr Humor bewahrte ihn vor zu viel Ernsthaftigkeit. Eine wertvolle Eigenschaft für die Frau eines Geistlichen.

»Ich bin so froh, dass ihr hier seid«, sagte Selina.

»Das sind wir auch«, antwortete Mrs. Dalton. »Selbst wenn Mr. Malcolm und du nicht zusammenpassen solltet, ist so ein kleiner Ausflug doch sehr angenehm.«

Am Abend beobachtete Selina erleichtert, dass ihr Vater und Mr. Malcolm sich gut verstanden. Und es wirkte so, als wäre auch der Rest der Gesellschaft bester Laune. Julias Missstimmung hatte sich durch die Ankunft von Mr. Ossory deutlich verbessert, und Mrs. Thistlewaite war froh, dass sie sich durch die Anwesenheit weiterer Gäste wieder in den Hintergrund zurückziehen konnte. Lady Kilbourne und Mrs. Dalton entdeckten ihr gemeinsames Interesse an der Gartenarbeit, und Cassie war immer zufrieden, wenn er sich nicht mit seiner Cousine streiten musste. (Was immer seltener geschah, seitdem Mr. Ossory zu ihnen gestoßen war.)

Der einzige Zwischenfall, der die gute Laune der

Gesellschaft trübte, ereignete sich nach dem Essen, als die Herren zu den Damen in den Salon zurückkehrten. Während der Konversation wandte sich Mrs. Dalton an ihre Tochter und sagte: »Oh, ich habe vergessen zu fragen, wie es Mrs. Covington geht. Hast du sie besucht, wie ich dich gebeten hatte?« Bevor Selina etwas erwidern konnte, wandte sich Mrs. Dalton an ihre Gastgeberin und erklärte, dass Mrs. Covington die Witwe ihres Cousins war und auch in London lebte.

Selinas Augen flogen zu Malcolm, und sie hoffte inständig, dass er in ein Gespräch verwickelt war und die Bemerkung ihrer Mutter überhört hatte. Aufgewühlt stellte sie fest, dass er sie direkt ansah. Sie wünschte sich, Julia würde eingreifen, doch sie sprach mit ihrem Cousin und bekam nicht mit, was vor sich ging. Selina hatte keine andere Wahl, als ihrer Mutter zu antworten.

»Ja, ich habe Mrs. Covington besucht. Und sie hat mir ebenfalls einen Besuch im Stadthaus der Thistlewaites abgestattet.«

»Gut, ich bin froh, das zu hören.« Mrs. Dalton wandte sich wieder an Lady Kilbourne. »Mrs. Covington ist keine enge Verwandte, ihr Mann war nur ein Cousin zweiten Grades, aber sie ist Witwe. Und Mr. Dalton und ich haben Selina immer beigebracht, denjenigen in weniger glücklichen Umständen Mitgefühl entgegenzubringen.«

Lady Kilbourne stimmte zu, dass dies eine gute Einstellung sei, und bald wandte sich das Gespräch einem anderen Thema zu. Selina trug jedoch wenig dazu bei. Es war ihr sehr peinlich, von Mr. Malcolm beim Lügen ertappt worden zu sein, vor allem, weil ihre Mutter praktisch im selben Moment ihre prinzipientreue Erziehung gelobt hatte. Sie hielt den Blick gesenkt und wartete ungeduldig auf die Möglichkeit, um Entschuldigung zu bitten.

»Miss Dalton«, hörte sie Mr. Malcolm sagen, und als sie aufblickte, sah sie, dass er sich auf den Stuhl zu ihrer Linken gesetzt hatte.

Schnell senkte Selina wieder den Blick. »Mr. Malcolm«, sagte sie. »Bitte entschuldigen Sie mich, ich fühle mich nicht wohl …«

»Miss Dalton«, unterbrach Mr. Malcolm sie. »Mir macht es nichts aus, dass Mrs. Covington ihre Großcousine ist, und es tut mir leid, wenn ich Ihnen diesen Eindruck vermittelt habe.«

»Eigentlich ist sie ja nur angeheiratet«, setzte Selina an, hielt dann aber inne und sagte: »Ich bin es, die sich entschuldigen muss, Mr. Malcolm. Es ist mir furchtbar unangenehm. Was müssen Sie bloß von mir denken?«

»Ich denke, Sie fürchteten, mein Wohlwollen zu verlieren, wenn Sie die Wahrheit gesagt hätten. Es ist meine Schuld, denn ich blicke mit Scham auf diese Situation zurück. Ich klang furchtbar hochnäsig, sogar arrogant, und habe es seitdem oft von Herzen bereut.«

»Trotzdem ist das keine Entschuldigung für meine *Lüge*. Zu meiner Verteidigung kann ich nur sagen, dass ich Ihnen die Wahrheit sagen wollte, aber Julia…« Selina hielt inne, weil es wohl kaum angebracht war, jemand anderem die Schuld zu geben. »Auf jeden Fall wollte ich Ihnen die Wahrheit sagen.«

»Ich glaube Ihnen«, sagte Mr. Malcolm. »Vergessen wir also diesen törichten Vorfall. Wir sollten besser nicht weiter darauf herumreiten.«

Später am Abend, als Selina ins Bett ging, war sie sehr froh, dass ihre Mutter Mrs. Covington ins Gespräch gebracht hatte, auch wenn es ihr anfangs unangenehm gewesen war. Ihre Zweifel an Mr. Malcolms Charakter basierten auf Julias Aussagen und seinen herablassenden Bemerkungen über Mrs. Covington. Nach seiner Entschuldigung hatte sie ihm gegenüber jedoch keine ernsthaften Vorbehalte mehr. Julias Abneigung Mr. Malcolm gegenüber wurde zunehmend als verletzter Stolz erkennbar und konnte zusammen mit ihren gehässigen Bemerkungen abgetan werden. Genau wie jeder andere hatte auch Mr. Malcolm seine Fehler, aber für Selina war er nahezu perfekt.

Selinas Gedanken wurden unterbrochen, als es an der Tür klopfte. Sie fragte sich, wer zu dieser Zeit zu ihrem Zimmer kommen würde, da erschien bereits Julias Kopf in der halb geöffneten Tür.

»Selina, darf ich hereinkommen?«, fragte sie, schloss die Tür sorgfältig hinter sich, ohne eine Antwort abzuwarten, und setzte sich auf die Fensterbank. »Ich glaube, es ist Zeit«, sagte sie.

»Wenn du damit meinst, dass es Zeit ist, ins Bett zu gehen, kann ich dir nur zustimmen und mich fragen, warum du in meinem und nicht in deinem Zimmer bist.«

»Nein«, sagte Julia ungeduldig, »ich denke, es ist Zeit, Mr. Malcolm deine Liste zu zeigen.«

»Welche Liste? Ich habe keine Liste.«

»Wir haben das doch alles schon besprochen, als du in die Stadt gekommen bist. Mr. Malcolm soll eine Liste finden, die du geschrieben hast, allerdings sind nicht alle Punkte abgehakt. Dann wird er sehen, wie es ist, beurteilt zu werden und für unzureichend befunden zu werden.«

»Julia, ich weiß, dass Mr. Malcolm deine Gefühle verletzt hat, und es tut mir leid. Ich glaube, ihr beide habt auf dem falschen Fuß begonnen, und wenn du dich darauf einlassen würdest, ihn besser kennenzulernen …«

»Selina, was willst du damit sagen?«

»Ich will damit sagen, dass ich mich nicht an dieser … Täuschung beteiligen werde. Ich … verehre Mr. Malcolm. Ich will ihn nicht verletzen.«

Julia verengte die Augen und verschränkte die Arme vor der Brust. »Jetzt, wo du Hadley Hall gesehen hast und weißt, wie reich er ist, willst du ihn dazu bringen, dich zu heiraten, nicht wahr?«

»Nein, so ist es nicht! Ich bin nicht wegen seines Besitzes an Mr. Malcolm interessiert. Er war mir gegenüber sehr ... freundlich.«

»›Er war mir gegenüber sehr ... freundlich‹«, äffte Julia sie nach. »Warte nur, bis er dich verschmäht, so wie er mich verschmäht hat, dann wirst du sehen, wie *freundlich* er sein kann.«

»Ich glaube nicht, dass er so ist.« Selina seufzte. »Zumindest hoffe ich das.«

»Nun, das ist alles sehr rührend, aber es ist überhaupt nicht das, was passieren sollte.« Julia erhob sich von der Fensterbank und lief wütend im Zimmer umher. »Du hast versprochen, mir zu helfen.«

»Ich habe gesagt, dass ich darüber nachdenke. Und das habe ich. Sehr sorgfältig. Und ich bin der Meinung, Mr. Malcolm hat eine derartige Täuschung nicht verdient.«

»Und ich? Meinst du, *ich* hätte eine derartige Täuschung verdient?«

»Nein, aber ich glaube nicht, dass man das vergleichen kann.«

»Doch, das kann man! Es war genau dasselbe«, beharrte Julia.

»Mr. Malcolm hatte nicht die Absicht, dich zu kränken. Er wusste ja nicht, dass du herausfinden würdest, dass er eine Liste hat.«

»Aber ich habe es herausgefunden. Und er hat mich gekränkt.«

»Und du glaubst, du hättest noch nie jemanden gekränkt? So etwas passiert, Julia. Oft. Ein Erwachsener akzeptiert das und macht weiter. Niemand will jemanden zum Freund, der nicht vergeben kann.«

»Und ich will keine langweilige Vikarstochter zur Freundin!«, rief Julia und marschierte zur Tür.

»Julia ...«, erwiderte Selina, doch zur Antwort knallte Julia nur wütend die Tür hinter sich zu.

Mr. Malcolm und seine Mutter, die im Salon saßen, hörten den Knall.

»Was war das?«, fragte Lady Kilbourne.

»Es klang, als hätte jemand eine Tür zugeschlagen.«

»Wahrscheinlich diese Miss Thistlewaite. Sie scheint mir der türenknallende Typ zu sein.« Es entstand eine Pause, dann seufzte Lady Kilbourne. »Der arme Mr. Ossory.«

»Wie meinst du das?«, fragte Malcolm.

»Sie will ihn. Und sie ist der Typ, der seinen Willen bekommt.« Sie blickte kurz von ihrer Handarbeit auf und musterte ihren Sohn neugierig. »Was mich überrascht, ist, dass sie es nicht auf dich abgesehen hat. Du bist die bessere Partie.«

»Oh, das hatte sie. Aber es war nur von kurzer Dauer.«

»Was ist passiert?«

Malcolm zuckte mit den Schultern. »Eigentlich nichts. Ich habe sie einmal in die Oper begleitet und ihr danach keine Aufwartung gemacht. Es hat sich im Sande verlaufen.«

»Das glaubst du. Ich bezweifle, dass sie so eine Ablehnung schnell vergisst. Es wird ihr sicher nicht gefallen, den zweiten Platz hinter deiner Miss Dalton einzunehmen.

»Noch ist sie nicht meine Miss Dalton.«

»Ja, ich weiß«, sagte seine Mutter ein wenig müde. »Ich wünschte, du würdest dich etwas beeilen. Du weißt, wie sehr ich gesellschaftliche Ereignisse verabscheue.«

»Du bist also mit Miss Dalton einverstanden?«, fragte Malcolm.

»Ja, natürlich. Obwohl die passendere Frage wäre, ob ihr Vater mit uns einverstanden ist. Mr. Dalton ist *so* würdevoll. Wenn ich bei klarem Verstand wäre, würde ich dich davon abhalten, in eine solche Familie einzuheiraten und dich ermutigen, ein dummes, unwissendes Mädchen zu heiraten, um den Vergleich mit ihr nicht fürchten zu müssen.« Lady Kilbourne hielt inne, um einen Schluck Madeira zu trinken. »Jemanden wie deine Schwägerin.«

»Du würdest leiden, ganz gleich, wen ich heirate. Dir sollte klar sein, dass Gott die Schwiegereltern erschaffen hat, damit wir unseren Charakter entwickeln.«

»Das ist mir klar. Und es liegt mir fern, den Allmächtigen infrage zu stellen. Das würde Mr. Dalton sicher nicht gutheißen.«

KAPITEL 10

Der größte Teil der Gesellschaft traf sich am nächsten Tag beim Frühstück wieder, die jüngeren Mitglieder in Reitkleidung, da sie sich am Abend zuvor zu einem Ausritt verabredet hatten. Selina musterte Julia ein wenig misstrauisch, denn seit ihrem letzten katastrophalen Gespräch hatten sie kein Wort mehr miteinander gewechselt. Doch Julia wirkte gut gelaunt und sah in ihrer militärisch anmutenden Reitkleidung, die ihr zerbrechliches Aussehen unterstrich, sehr attraktiv aus. Selina empfand es als äußerst ungerecht, dass Julia immer so sittsam aussah, obwohl ihre Persönlichkeit einen krassen Gegensatz dazu bildete.

Mr. Malcolm deutete auf den freien Stuhl neben sich, und Selina holte sich etwas zu essen von der Anrichte und nahm Platz.

»Wir haben gerade über den geplanten Ball gesprochen«, sagte Malcolm zu Selina. »Miss Thistlewaite wünscht sich einen Maskenball. Was halten Sie davon?«

Selina sah ihren Vater an, der leicht die Stirn runzelte. Sie wusste, dass er nicht viel von Maskenbällen hielt, weil er dahinter den Vorwand vermutete, sich allerlei zügellosem Verhalten hinzugeben. »Ich war noch nie auf einem Maskenball ...«, setzte Selina an, doch Julia unterbrach sie.

»Sehen Sie, Mr. Malcolm, es muss einfach ein Maskenball werden. Selina hat noch nie an einem teilgenommen.«

»Würde Ihnen das gefallen, Miss Dalton?«, fragte Malcolm.

Selina zögerte und sah ihren Vater an. Mrs. Dalton flüsterte ihm etwas ins Ohr, und er lächelte und zuckte mit den Schultern. »Ich denke schon«, sagte Selina, die Julia nicht verärgern wollte, wo ihr die Idee doch so zu gefallen schien.

»Oh, wunderbar!«, sagte Julia und klatschte in die Hände. Cassie wirkte weniger erfreut.

»Ich möchte mich nicht kostümieren. Das ist bestimmt unbequem«, beschwerte er sich.

»Du kannst ja einen Domino anziehen«, schlug seine Cousine vor.

»Das ist ja noch schlimmer, verdammt. Wer will schon den ganzen Abend einen langen Umhang tragen? Es ist Hochsommer.«

»Es tut mir leid, dass ich den Rest dieser faszinierenden Diskussion verpasse, aber ich muss mich um die Pferde kümmern«, erklärte Mr. Malcolm und erhob sich. »Diejenigen von Ihnen, die heute Morgen reiten wollen, kommen nach dem Frühstück zu den Ställen.«

Nachdem Mr. Malcolm gegangen war, erhob sich Selina und setzte sich zu ihren Eltern auf die andere Seite des Tisches. »Bist du mit dem Maskenball einverstanden?«, fragte sie ihren Vater leise, damit die anderen sie nicht hörten.

»Nun, du weißt, was ich von Maskenbällen halte, aber deine Mutter erinnerte mich daran, dass Mr. Malcolm ein vertrauenswürdiger Gentleman ist. Ich bin sicher, dass er ein Verhalten, wie es in der Stadt bei solchen Anlässen üblich ist, nicht dulden wird.«

»Und es wird sicher sehr vergnüglich«, ergänzte Mrs. Dalton.

Die Gruppe begann den Ausritt mit Malcolm und Selina an der Spitze, gefolgt von Julia, die von Mr. Ossory und Cassie flankiert wurde. Nachdem sie einen schmalen Pfad hinter sich gebracht hatten, fand sich Selina jedoch an Mr. Ossorys Seite wieder, kurz hinter Julia, Cassie und Mr. Malcolm.

Da Julia sie energisch voneinander ferngehalten hatte, war dies seit ihrer Ausfahrt die erste Gelegenheit zu einem privaten Gespräch, und in seiner Gegenwart war Selina ein wenig befangen.

»Es scheint also doch eine Partie Schach zu werden«, brach Mr. Ossory schließlich das Schweigen.

Selina war zunächst erschrocken, erfasste aber schnell die Bedeutung. »Es tut mir leid, Mr. Ossory, es ist nur so …«

»Ich weiß, ich weiß. Mein Freund hat mich ausgestochen.«

»Es tut mir leid«, wiederholte Selina, die nicht wusste, was sie sonst hätte sagen sollen.

»Es muss Ihnen nicht leidtun. Es ist ganz allein meine Schuld. Ich bin zu spät gekommen. Ich hätte sie in den letzten drei Jahren jederzeit kennenlernen können, wenn ich meine Tante in meinem Urlaub besucht hätte, wie sie es sich gewünscht hat.« Mr. Ossory hielt inne und lächelte Selina reumütig an. »Um Ihnen die Wahrheit zu sagen, hatte ich nicht viel Vertrauen in ihre Fähigkeiten als Kupplerin. Sie sah furchtbar schlecht, wissen Sie?«

»Ja, ich weiß. Ich musste sie in einem fort davon abhalten, sich mit leblosen Gegenständen zu unterhalten. Sie verwechselte ständig den Schirmständer mit ihrem Butler.«

Mr. Ossory lachte. »Nun, dann verstehen Sie ja meine Bedenken.«

»Das tue ich in der Tat.«

Sie ritten eine Weile schweigend und Selina dachte, wie schade es war, dass sie Henry Ossory nicht lieben konnte, doch dann wurde ihr klar, dass sie nicht die Freiheit gehabt hätte, sich in Mr. Malcolm zu verlieben, wenn sie sich in Mr. Ossory verliebt hätte, und das wiederum war ein schrecklicher Gedanke. Sie erkannte, dass sie wahrscheinlich mit Mr. Ossory verheiratet wäre, wenn er seine Tante in seinem Urlaub besucht hätte. Und so sehr sie ihn mochte, war sie doch froh, dass er nicht gekommen war.

»Aber es ist noch nicht zu spät für uns, Freunde zu werden«, sagte Mr. Ossory und unterbrach damit Selinas stürmische Gedanken.

»Nein, dafür ist es noch nicht zu spät. Das würde mir sehr gefallen.«

»Selina! Mr. Ossory!«, rief Julia.

Henry und Selina blickten auf und bemerkten, dass sie hinter den anderen Reitern zurückgefallen waren, die angehalten hatten, um auf sie zu warten.

»Wir sind hier nicht im Salon, Selina«, neckte Julia sie.

»Ich bitte um Verzeihung«, sagte Selina und war überrascht, dass Julia so freundlich mit ihr sprach. Mr. Malcolm runzelte die Stirn, doch als er bemerkte, dass Selina ihn ansah, lächelte er ihr zu.

»Von der Spitze dieses Hügels hat man eine sehr schöne Aussicht«, sagte er und deutete in die Ferne. »Reiten wir in diese Richtung.«

Später, als sie die Pferde zurück nach Hadley Hall führten, wies Malcolm auf Julia und Henry, die mit Cassie direkt vor ihnen liefen.

»Glauben Sie, Ihre Freundin Miss Thistlewaite wird eine Verbindung mit Mr. Ossory eingehen?«, fragte er Selina.

»Julia?«, fragte Selina erstaunt. »Ich glaube nicht, dass Mr. Ossory an ihr interessiert ist.«

»Das glaube ich auch nicht. Ich glaube, er ist an Ihnen interessiert.«

Selina antwortete nicht.

»Und?«, fragte Mr. Malcolm. »Was meinen Sie?«

»Das zu kommentieren, wäre unbescheiden.«

»Diese Antwort würde ich von den meisten Frauen erwarten, von Ihnen jedoch nicht.«

»Mr. Ossory und ich sind übereingekommen, eine Verbindung einzugehen.« Selina hielt einen Moment inne, um den Satz wirken zu lassen. Dann ergänzte sie: »In einer Partie Schach.«

Selina hatte den Eindruck, dass Mr. Malcolm erleichtert wirkte. Jedenfalls hoffte sie das. Mit einem Mal hatte sie den unwürdigen Wunsch verspürt, ihn eifersüchtig zu machen.

»Und hatte er etwas anderes im Sinn?«

»Vielleicht. Aber ich habe ihm erklärt, dass ich nur für das Schachspiel zur Verfügung stehe.«

»Armer Henry«, sagte Malcolm.

»Wäre Ihnen eine andere Antwort lieber gewesen?«, fragte Selina, in der Hoffnung, etwas anderes als Mitleid aus ihm herauszulocken.

»Mir wäre am liebsten gewesen, wenn er dahin gegangen wäre, wo der Pfeffer wächst.«

Auch wenn sie sich eine bissige Antwort gewünscht hatte, war Selina ein wenig schockiert, dass sie ihr Ziel so leicht erreicht hatte. »Einem Freund gegenüber ist das eine reichlich extreme Einstellung«, sagte sie und blickte Mr. Malcolm verwundert an. Sie war erleichtert, dass er lächelte.

»Oh, das meine ich doch nicht ernst. So habe ich nur empfunden, als er um Sie geworben hat. Ich wusste, dass Sie eine gemeinsame Vergangenheit haben, und fühlte mich ausgeschlossen. Ich war sogar eifersüchtig auf Ihre frühere Arbeitgeberin. Doch nun, da ich weiß, dass seine Bemühungen nicht erfolgreich waren, kann ich ihn wieder leiden.«

»Das erleichtert mich, denn ich mag ihn wirklich sehr.«

»Sie sollten mit Ihrem Lob besser nicht zu enthusiastisch sein, sonst mag ich ihn vielleicht nicht mehr«, sagte Mr. Malcolm, aber es war offensichtlich, dass er scherzte.

»Was, ich soll niemanden mögen außer Ihnen?«, fragte Selina.

»Nein, aber Sie sollen mich am liebsten mögen.«

Selina wusste nicht, was sie darauf erwidern sollte, also schwieg sie. Schließlich konnte sie ihm schlecht sagen, dass sie ihn mehr mochte als jeden anderen Mann, den sie je kennengelernt hatte.

Beim Mittagessen drehte sich das Gespräch vor allem darum, welche Kostüme auf dem Maskenball getragen werden sollten. Die Herren hatten kein großes Interesse an diesem Thema, aber die Damen waren ganz aufgeregt, und sogar Selina fand langsam Gefallen an der Vorstellung eines Maskenballs.

Lady Kilbourne schlug vor, nach dem Mittagessen auf dem Dachboden nachzusehen. »Denn meine Schwester hat nie etwas weggeworfen, und Jeremy hat die meisten ihrer Sachen dort untergebracht, nachdem er das Haus geerbt hat. In den Koffern dort oben findet sich wahrscheinlich das ein oder andere, was sich für eine Verkleidung eignet.«

»Ich brauche nicht auf den Dachboden zu gehen«, sagte Cassie, »aber ich muss einen Ausflug ins Dorf machen, um die Damenschneiderin zu besuchen.«

»Hast du vor, als Dame zu gehen, Cassie?«, fragte Julia.

»Natürlich nicht. Als Grieche«, sagte er.

»Ein bestimmter Grieche?«, erkundigte sich Mr. Ossory.

»Nein, obwohl ich mir vielleicht besser einen Namen zurechtlegen sollte für den Fall, dass jemand fragt. Vielleicht Platon, Sokrates oder Julius Cäsar.«

»Julius Cäsar war Römer«, erklärte Selina.

»Römisch, griechisch, was auch immer Sie vorziehen. Ich habe nur vor, ein dünnes weißes Gewand zu tragen und mir ein paar Blätter über die Ohren zu legen. Einmal bin ich als Heinrich VIII. zu einem dieser verfluchten Bälle gegangen und beinahe erstickt.«

»Und was wirst du tragen, Selina?«, fragte Julia.

»Ich habe keine Ahnung. Ich hoffe, auf dem Dachboden eine Inspiration zu bekommen.«

»Warum verkleiden Sie sich nicht als Ihre Namensvetterin?«, schlug Mr. Malcolm vor.

»Meine Namensvetterin?«, fragte Selina.

»Selene, Göttin des Mondes.«

»Cassie hat mein Kostüm schon gestohlen«, sagte Selina und lächelte.

»Ich habe doch gesagt, dass ich mich nicht als Frau verkleide. Ich werde einer dieser philosophischen Kerle sein wie Platon. Oder Sokrates«, erklärte Cassie.

»Das ist so ziemlich die abwegigste Verkleidung, von der ich je gehört habe«, sagte Mr. Dalton zu Mrs. Dalton, die erwiderte, er solle still sein.

Mr. Ossory und Mr. Dalton, die sich bereits für ihre Kostüme entschieden hatten, gingen Billard spielen, während Julia, Selina, Mrs. Dalton und Mr. Malcolm auf den Dachboden stiegen. Lady Kilbourne zog sich in ihr Gemach zurück. Sie sagte ihrem Sohn, sie sei zu alt, um sich zu verkleiden, und werde ein Ballkleid tragen.

Nach einigem Herumstöbern fand Mrs. Dalton ein Kleid aus dem vorigen Jahrhundert und beschloss, sich als Marie Antoinette zu kostümieren.

»Ich werde so tun, als wäre ich wieder siebzehn«, sagte sie zu Selina.

»Willst du dir die Haare pudern oder eine Perücke tragen?«, fragte Selina ihre Mutter.

»Natürlich eine Perücke. Im Gegensatz zu Lord Cassidy mache ich mir nichts aus Bequemlichkeit. Mir ist wichtig, wie ich aussehe«, lachte Mrs. Dalton.

Sie legte ihr Kostüm beiseite und half den anderen bei der Suche. Julia fand ein Milchmädchenkostüm, das offensichtlich vor Jahren schon einmal auf einem Maskenball getragen worden war. »Wie hübsch«, sagte sie und hielt es sich an.

»O ja. Darin wirst du sehr charmant aussehen, meine Liebe«, stimmte Mrs. Dalton zu.

»Dann bleiben nur noch Selina und Mr. Malcolm. Hast du etwas gefunden, Selina?«, fragte Julia.

»Nein«, antwortete Selina. »Aber ihr müsst nicht alle auf mich warten. Ich werde allein weitersuchen.«

»Unsinn«, sagte Julia. »Wir helfen dir.«

Selina lächelte und dankte Julia, erleichtert, weil sie ihr anscheinend vergeben hatte, dass sie sich nicht an ihrer List beteiligen wollte. Sie fand es allerdings seltsam, dass Julia ihr immer noch nicht in die Augen sah, sondern nur etwas murmelte und wirkte, als sei ihr unbehaglich zumute. Vielleicht hatte sie ihr doch noch nicht ganz verziehen.

»Also haben Sie sich gegen Selene entschieden?«, fragte Mr. Malcolm.

»Ganz und gar nicht. Ich dachte nur, wenn es ein bereits fertiges Kostüm gäbe, das ich verwenden könnte, würde ich es nehmen, aber ich habe nichts dagegen, mich als Mondgöttin zu verkleiden.«

»Ich frage, weil ich mich dann als Endymion kostümieren würde«, sagte Mr. Malcolm

»Wer ist Endymion?«, fragte Julia.

»Er war Selenes sterblicher Geliebter. Selene erblickte ihn, verliebte sich und bat Zeus, ihm Unsterblichkeit in Form eines ewigen Schlummers zu gewähren. Der Sage nach überhäuft Selene ihn jede Nacht mit Küssen, während er auf einer Bergkuppe schläft«, erklärte Mr. Malcolm.

»Wie romantisch«, sagte Mrs. Dalton.

»Ich finde es eher tragisch. Was nützt Selene die ewige Liebe, wenn ihr Geliebter ewig schläft?«, fragte Selina.

»Ihr ist sicher lieber, dass er schläft, als dass er stirbt«, erwiderte Mr. Malcolm.

»Wie sieht denn diese Mondgöttin aus?«, fragte Julia.

Mr. Malcolm zuckte mit den Schultern. »Es gibt einige Gemälde, darunter auch eines von Nicolas Poussin. Darauf hat Selene dunkle Haare und trägt helle, fließende Gewänder. Homer behauptete jedoch, sie habe blonde Haare. Und es hieß, sie habe ein weißes Gesicht und weiße Arme und der Mond reflektiere ihren Glanz.«

»Außerdem trug sie eine Mondsichel auf dem Kopf, glaube ich«, sagte Selina.

»Nun, das klingt nicht allzu schwierig. Wir müssen einen Einkaufsbummel machen«, sagte Mrs. Dalton.

»Was trägt Endymion?«, fragte Selina Malcolm.

»Tatsächlich nicht mehr als ein geschickt platziertes Stück Stoff, aber das wäre auf einem Ball wohl nicht angemessen«, stellte Mr. Malcolm fest und grinste Selina an.

»Guter Gott, nein!«, rief Mrs. Dalton.

Selina sagte nichts. Sie versuchte verzweifelt, das Bild zu verdrängen, das seine Worte hervorgerufen hatten.

»Bei der Gestaltung meines Kostüms werde ich also großen Spielraum haben. Ich werde einen Stab tragen, damit jeder weiß, dass ich ein Hirte bin, aber abgesehen davon ist meine Kleidung wohl kaum von Bedeutung. Hauptsache, sie ist angemessen bäuerlich.«

Da sie nicht länger nach Kostümen suchen mussten, sammelten Mrs. Dalton und Julia die ihren ein und stiegen die Treppe hinunter. Selina blieb noch einen Moment mit Mr. Malcolm zurück.

»Wollten Sie deswegen, dass ich als Selene gehe? Damit Sie es so einfach mit Ihrem Kostüm haben?«, fragte Selina.

»Ich muss gestehen, dass ich mir ergänzende Kostüme für uns gewünscht habe, doch wie Cassie wollte auch ich mich nicht den ganzen Abend unwohl fühlen. Und ich hielt es für passend, dass sich eine Selina als Selene verkleiden sollte.«

»Ich soll also mein Kostüm so gestalten, dass Sie es bequem haben?«, fragte Selina und seufzte theatralisch. »Ich bin böse in die Irre geführt worden. Ich hielt Sie für einen Romantiker, doch jetzt muss ich feststellen, dass Sie schlicht faul sind.«

»Wie es zu meinem Charakter, Endymion, passt«, sagte Malcolm.

Selina brauchte einen Augenblick, bis sie verstand, dann lachte sie. »Wie ich sehe, sind Sie alles andere als schläfrig. Sie sind geistesgegenwärtig genug, um Ausreden für Ihr Verhalten zu finden.«

Sie wurden von Mrs. Dalton unterbrochen, die von unten nach Selina rief.

»Ich komme, Mama«, rief Selina zurück und stieg mit Mr. Malcolm die Treppen hinunter.

In der nächsten Woche waren alle mit den Vorbereitungen für den bevorstehenden Ball beschäftigt. Die Damen hatten sich freiwillig gemeldet, um Lady Kilbourne beim Verfassen der Einladungen zu helfen, und als sie fertig waren, fuhren Selina und Mr. Malcolm durch die Nachbarschaft, um sie zu verteilen. Außerdem machten die Damen einen Ausflug nach Tunbridge Wells, wo sie all das kauften, was sie im nahe gelegenen Dorf nicht bekommen konnten.

In der Bibliothek von Hadley Hall hatte Selina in einem Buch mit dem Titel *Kostüme der Antike* eine Illustration gefunden und brachte sie der Modistin. Ihr Kleid sollte weiß sein, mit einer silbernen Schnur, die sich zwischen ihren Brüsten und an der Taille kreuzte. Zuerst hatte sie gedacht, es wäre lustig, sich so exotisch zu kleiden wie eine Sultanin oder Piratenbraut, doch jetzt war sie begeistert von ihrer Kostümierung als Selene. Sie ließ sich einen Kopfschmuck in Form einer Mondsichel anfertigen und hatte in dem Buch auch ein Bild von einer Frisur gefunden.

Julia, die sich sehr für Selinas Vorbereitungen für den Maskenball interessierte, bestand darauf, ihr zu helfen. Selina dachte, Julia wolle ihr früheres Verhalten wiedergutmachen und fand das sehr nett von ihr.

Sie hatte keine Ahnung, dass Julia eine exakte Kopie ihres Kostüms anfertigen ließ.

Denn Julia hatte ihren Plan, den Ehrenwerten Jeremy Malcolm zu demütigen, noch nicht aufgegeben. Ihr ganzes Leben lang war sie verwöhnt worden und glaubte aus diesem Grund, allen anderen überlegen zu sein. Es hatte sie gekränkt, dass sie Mr. Malcolm auf dem Heiratsmarkt nicht auf sich hatte aufmerksam machen können. Und als Selina so leicht seine Aufmerksamkeit erregte, war sie noch wütender geworden, auch wenn sie selbst es so geplant hatte. Am meisten hatte sie die Tatsache beunruhigt, dass Mr. Malcolm Selina auch ohne die Strategien mochte, die Julia für notwendig erachtet hatte. Julia konnte es nicht ertragen, sich anderen unterlegen zu fühlen, und es hatte ihr absolut nicht gefallen, in den letzten Wochen hinter Selina die zweite Geige zu spielen. Wenn Julias neuer Plan erfolgreich war, würde Selina wieder auf den zweiten Platz verwiesen und Mr. Malcolm würde erkennen, dass es ein Fehler gewesen war, sie zu verschmähen.

Dass Mr. Ossory Selina ebenfalls zu verehren schien, war die einzige Schwachstelle, die sie in ihrem Plan finden konnte. Sollten Selina und Mr. Malcolm nicht heiraten, war es durchaus möglich, dass Mr. Ossory Selina einen Antrag machen würde – ein Gedanke, der Julia beunruhigte. Julia wollte, dass Mr. Ossory sie verehrte, auch wenn sie ihn natürlich niemals heiraten würde. Er war ganz sicher eine respektable Partie, aber für Julia Thistlewaite war er nicht gut genug.

Obwohl Julia bisweilen das Gefühl hatte, er sei *zu* gut für sie. Sein Charakter war so edel, so offen und ehrlich, dass sie sich manchmal, wenn sie mit ihm zusammen war, für ihre geplante Intrige schämte. Doch durch diese seltenen Gewissensbisse ließ Julia sich nicht von ihrem Plan abbringen. Wenn sie sich einmal für eine Sache entschieden hatte, schreckte sie nicht davor zurück, sie zu Ende zu führen, welche Konsequenzen auch immer daraus erwuchsen.

KAPITEL 11

Am Abend des Maskenballs betrachtete Selina sich zufrieden im Spiegel. Ihr Kleid war sehr schmeichelhaft; die silbernen Schnüre betonten ihre Figur, und der fließende weiße Stoff bauschte sich beim Gehen und erweckte den Eindruck von schimmerndem Mondlicht. Ihr Haar war in der Mitte gescheitelt, auf beiden Seiten aufgerollt und über jede Schulter fielen ihr zwei lange Zöpfe.

Auf dem Scheitel saß die silberne Mondsichel, sie hatte sich Gesicht und Arme gepudert und dann diskret etwas Rouge aufgetragen, damit sie nicht zu blass wirkte.

Julia kam ins Zimmer und musterte Selina von Kopf bis Fuß. Selina fand, dass Julia in ihrem Milchmädchenkostüm mit dem geschnürten Mieder und dem weiten Rock sehr liebreizend aussah und ließ sie es wissen.

»Vielen Dank. Du gefällst mir auch sehr gut«, antwortete Julia, wirkte jedoch abgelenkt.

»Sollen wir hinuntergehen?«, fragte Selina, und

nachdem sie ihre Maske aufgesetzt hatte, verließen sie das Zimmer.

Mrs. Thistlewaite kam ihnen auf dem Flur entgegen, und Selina fragte sich, wen sie darstellen wollte. Sie trug ein schwarzes Abendkleid.

»Und wer sind Sie heute Abend, Ma'am?«, fragte Selina.

»Ich bin eine Witwe«, erwiderte Mrs. Thistlewaite. »Und Sie, Selina?«

»Ich bin Selene, die griechische Göttin des Mondes.«

»Ach, das ist also dieses Ding auf Ihrem Kopf; ich konnte es nicht genau erkennen. Ich hoffe, Sie bekommen davon keine Kopfschmerzen«, antwortete Mrs. Thistlewaite. Selina hoffte, dass dies nicht die allgemeine Reaktion auf ihr Kostüm sein würde.

Die drei Damen stiegen die Treppen hinunter und trafen am Fuß auf Mr. und Mrs. Dalton.

»Selina«, sagte Mrs. Dalton, korrigierte sich aber sofort. »Entschuldige bitte, *Selene.* Du siehst wundervoll aus. Das Kostüm ist wirklich hübsch geworden.«

»Danke, Mama. Ich bin sehr zufrieden damit. Aber du siehst auch sehr schön aus.«

»Ja, wenigstens ist sie nicht wie eine heidnische Göttin gekleidet«, sagte Selinas Vater.

»Vielen Dank, Richard«, sagte Mrs. Dalton, die beschloss, seine Worte als Kompliment zu verstehen. Er verdrehte nur die Augen, aber Selina sah ihn lächeln.

Langsam verstand sie die Vorbehalte ihres Vaters gegenüber Maskenbällen. Sich als jemand anderes zu verkleiden, hatte etwas sehr Befreiendes. Um sie herum schien die Luft vor Aufregung zu pulsieren, und sie hatte das Gefühl, an diesem Abend könnte alles passieren.

Selina und ihre Eltern gingen durch die verschiedenen Räume und staunten über die Veränderungen. Bei ihrer Ankunft hatte sie geglaubt, Hadley Hall wäre größer als alles, was sie bisher gesehen hatte, und heute Abend übertraf es sogar diesen ersten Eindruck. Die Säulen in der Eingangshalle waren mit Blumen umflochten, und die Wände von zwei an den Salon grenzenden Zimmer waren ganz mit Satin bezogen. Überall im Haus leuchteten Kerzen, und jeder Gegenstand war poliert worden, sodass das Licht von allen Seiten reflektiert wurde.

Sie betrat den Salon, in dem getanzt wurde, und war so abgelenkt von ihrer Umgebung, dass sie mit einem anderen Gast zusammenstieß.

»Ich bitte um Verzeihung«, sagte sie an die Person gewandt.

»Ich bin es, der einfache Sterbliche, der die erlauchte Selene um Verzeihung bitten sollte«, erwiderte der Mann. Da er maskiert war, dauerte es einen Moment, bis Selina ihn als Mr. Malcolm erkannte. Er trug ein Gewand, das an einer Schulter geschlossen und in der Taille gegürtet war. Fasziniert bemerkte Selina, dass eine Schulter völlig entblößt war und hoffte, dass ihr Vater nicht ebenso schockiert war wie sie. Er trug einen Hirtenstab und Sandalen und wenn er wirklich so ausgesehen hatte, konnte Selina verstehen, warum Selene sich unsterblich in Endymion verliebt hatte.

»Ich verzeihe Ihnen«, sagte Selina majestätisch, als sie sich von ihrer Überraschung erholt hatte.

»Dann darf ich um die Ehre dieses Tanzes bitten?«, fragte Malcolm und nachdem er seinen Stab an die Wand gelehnt hatte, führte er sie auf die Tanzfläche.

Ein Walzer wurde gespielt, und Selina war sehr erleichtert, dass sie daran teilnehmen konnte, ohne sich wie beim letzten Mal als indisponierte Tanzpartnerin zu blamieren. Abgelenkt von ihren eigenen Gedanken merkte sie erst nach einem Augenblick, dass ihre Hand auf seiner bloßen Schulter ruhte. Sie riss die Hand weg, doch Mr. Malcolm griff danach und legte sie zurück auf ihren Platz.

»Die Mondgöttin fürchtet sich doch sicher nicht vor einem Mann aus Fleisch und Blut«, sagte er.

»Es ist nicht Ihr Blut, das mich ängstigt«, antwortete Selina und er lachte.

»Sie vergessen, dass Sie heute Abend nicht Selina Dalton sind«, sagte Mr. Malcolm und zog sie näher an sich.

»Und Sie vergessen, dass meine Eltern neben der Säule stehen und uns beobachten«, sagte Selina und stellte den angemessenen Abstand wieder her.

»Zumindest habe ich das versucht«, erwiderte Mr. Malcolm verärgert.

Sie tanzten für einige Minuten schweigend und Selina bedauerte, dass sie die kokette Stimmung ruiniert hatte.

»Also, Sterblicher, wie geht es deinen Schafen?«, fragte sie.

»Wie es meinen Schafen geht?«, wiederholte Mr. Malcolm.

»Verzeihen Sie, aber ich versuche, so zu tun, als wären Sie Endymion, und ich weiß nicht, wie man sich mit einem griechischen Hirtenjungen unterhält.«

»Vergessen Sie, dass ich ein griechischer Hirtenjunge bin, und erinnern Sie sich stattdessen daran, dass wir Liebende sind. Wie würden Sie sich dann mit mir unterhalten?«

»Damit habe ich genauso wenig Erfahrung wie mit griechischen Hirtenjungen«, erwiderte Selina.

»Es freut mich, das zu hören«, sagte Malcolm lächelnd. »Aber können Sie nicht so tun, als ob?«

»Nein«, sagte Selina.

»Dann liegt es wohl an mir. Heute Abend kann der Mond nicht mit Ihrer Ausstrahlung mithalten, meine Göttin.«

Selina schwieg einen Moment, dann brach sie in ein nervöses Kichern aus.

»Was ist daran so lustig?«, fragte Malcolm.

»Es tut mir leid, aber sprechen Liebende wirklich so miteinander? Das klingt wie der allergrößte Unsinn. Ich glaube nicht, dass ich etwas Ähnliches ernsthaft sagen kann.«

»Wie können Sie wie der Inbegriff einer verführerischen Verführerin aussehen und doch so wenig romantisch sein?«, sagte Mr. Malcolm und schüttelte mit gespielter Missbilligung den Kopf.

»Sehe ich aus wie der Inbegriff einer verführerischen Verführerin?«, fragte Selina erfreut über diese Bemerkung. »Das hat mir noch nie jemand gesagt.«

»Nun, das will ich doch hoffen. Es ist kein typisches Kompliment in höflicher Gesellschaft.«

»Sie sehen aber auch ziemlich verführerisch aus«, sagte Selina schüchtern. »Als ich Sie vorhin sah, hätte ich fast an die Sage geglaubt.«

»Ich dachte, Sie hielten die Geschichte für tragisch.«

»Das stimmt. Ich meinte den ersten Teil, in dem sich Selene so sehr in den schönen jungen Hirten verliebt, dass sie darum bittet, Zeus möge ihm Unsterblichkeit schenken. Das würde das Ende verändern, sodass er nicht für ewig schlafen müsste.«

»Nun, ich glaube nicht, dass er die ganze Zeit geschlafen hat. Angeblich hatten er und Selene fünfzig Töchter«, sagte Mr. Malcolm und Selina konnte das schelmische Glitzern in seinen Augen sogar hinter der Maske sehen.

»Das ist doch nur eine Geschichte«, erwiderte Selina.

»Das stimmt. Aber für diese eine Nacht möchte ich daran glauben«, sagte Malcolm.

Selina antwortete nicht und so schwiegen sie für den Rest des Tanzes, während Mr. Malcolm sie in schwindelerregenden Kreisen über die Tanzfläche wirbelte. Selina verschwendete keinen Gedanken an ein fiktives Liebespaar, wo doch ein realer Mann nur Zentimeter entfernt war. Dass Julia und Mr. Ossory neben ihnen tanzten, bemerkte sie gar nicht.

Julia war in ihrem Milchmädchenkostüm heruntergekommen und war fast sofort auf einen verwegenen Piraten aus dem vergangenen Jahrhundert getroffen, auch wenn sie erst nach einem Augenblick erkannte, dass es Henry Ossory war. Henry war erstaunt, wie attraktiv das Milchmädchen war, und auch er zögerte, bevor er sie zaghaft ansprach. »Miss Thistlewaite?«

»Mr. Ossory?« Julia musterte ihn einen Moment lang. »Ich bitte um Verzeihung, aber Ihr Kostüm erscheint mir völlig untypisch. Fast so wie das von Cassie.«

»Ich bin mir nicht sicher, wie ich diese Bemerkung verstehen soll. Halten Sie mich für stumpfsinnig und geistlos und nicht männlich genug für verwegene Abenteuer?«

Julia beeilte sich, ihn zu beschwichtigen. »Nein, ganz und gar nicht. Ich finde Sie sehr männlich …« Sie unterbrach sich, peinlich berührt und ungewöhnlich schüchtern. »Ich meine … ich kann mir nicht vorstellen, wie wir auf dieses Thema gekommen sind.«

»Es ist allein meine Schuld, aber ich kann Ihr ungewolltes Kompliment nicht bedauern. Würden Sie gern tanzen?«

Julia und Henry mischten sich unter die Tanzenden, aber beiden fehlten die Worte. Mr. Ossory dachte, dass Miss Thistlewaite vielleicht doch nicht so abscheulich war, wie er zunächst angenommen hatte, und dass sie göttlich tanzte, während Julia vorgab, von Mr. Ossorys Berührung völlig unbeeindruckt zu sein, auch wenn diese ein nervöses Flattern in ihr hervorrief, das sie noch nie zuvor erlebt hatte. So vertieft war sie in dieses Gefühl, dass es sie schockierte, als ihr Tanzpartner Selina und Malcolm zunickte, das Schweigen brach und sagte: »Wie es aussieht, werden wir bald Hochzeitsglocken läuten hören.«

Der Anblick des anderen Paares beendete Julias verwirrendes Gefühlschaos und sie löste sich von Mr. Ossory, sobald die Musik endete.

»Vielen Dank, ich muss gehen.«

»Würden Sie mir den Tanz vor dem Abendessen freihalten?«, fragte Mr. Ossory.

»Vielleicht«, sagte Julia, die schon losgegangen war. Überrascht von ihrem plötzlichen Stimmungsumschwung blickte Mr. Ossory ihr nach.

Als die Musik endete, verweilten Selina und Mr. Malcolm noch einen Moment lang beieinander, bevor sie den Saal wie in Trance verließen. Sie wurden von Julia empfangen, die den Bann brach, indem sie Selina aufforderte, mit auf ihr Zimmer zu kommen. Widerstrebend entschuldigte sich Selina bei Malcolm.

»Wenn Sie zurückkommen, würde ich gern wieder tanzen«, sagte Malcolm. »Heute Abend sind wir kostümiert, sollten wir mehr als einmal miteinander tanzen, wird es vermutlich niemand bemerken.«

»Ich glaube, jeder weiß, wer *Sie* sind«, sagte Selina. »Aber ich werde zumindest noch einmal mit Ihnen tanzen«, versprach sie, bevor sie Julia folgte. Sie war ein wenig verärgert, dass Julia sie unterbrochen hatte. Doch gleichzeitig war sie so glücklich, dass ihr Ärger nicht lange anhielt. Sie war sich sicher, dass sie bei ihrem Tanz Liebe in Malcolms Augen gesehen hatte, und fragte sich, ob er ihr noch in dieser Nacht einen Antrag machen würde. In diesem Fall hatte sie keinen Zweifel, wie ihre Antwort lauten würde.

»Warum gehen wir in dein Zimmer?«, fragte Selina

und schüttelte ihre Träumerei auf dem Weg die Treppe hinauf ab.

»Du musst mir mit meinem Kostüm helfen. Ich glaube, etwas hat sich gelöst.«

»Hast du Mr. Ossory gesehen?«, fragte Selina und dachte kurz an die Romanze ihrer Freundin.

»Ja, wir haben gerade miteinander getanzt.«

»Hat ihm dein Kostüm gefallen?«

»Ich nehme es an. Er hat nichts dazu gesagt«, antwortete Julia, und ihre Entschlossenheit wuchs, als ihr klar wurde, dass sein einziger Kommentar Selina und Malcolm gegolten hatte. Als sie Julias Schlafzimmer erreichten, ließ Julia Selina vorgehen, blieb jedoch auf dem Flur stehen und schloss die Tür hinter Selina ab.

»Julia?«, rief Selina aus dem dunklen Zimmer. Zunächst unterstellte sie ihrer Freundin keine böse Absicht, sondern fragte sich nur, warum Julia die Tür geschlossen und sie in der Dunkelheit zurückgelassen hatte. Nachdem mehrere Rufe unbeantwortet geblieben waren und Selina die Tür verschlossen fand, wurde ihr langsam klar, was geschehen war.

»Ach, diese kleine Göre!«, platzte es aus Selina heraus. Sie hämmerte an die Tür und rief laut nach Hilfe. Doch auch nach über zehn Minuten erhielt sie keine Antwort. Die Musik aus dem Ballsaal übertönte ihre Schreie und die Diener waren alle unten, um die Gäste zu bedienen, oder arbeiteten in der Küche. Sie tastete nach einer Zunderbüchse und als sie eine auf einem Tisch in der Nähe gefunden hatte, zündete sie eine Kerze an.

Im Licht entdeckte sie eine weitere Tür, die zu einem Nebenraum führte und sich zu ihrer Überraschung öffnen ließ. »Dummes Mädchen«, sagte Selina und ging durch die Kammer in den Flur. Sie konnte es kaum erwarten, Julia zu sagen, was sie von ihrem kindischen Streich hielt.

In der Zwischenzeit war Julia in das Zimmer ihrer Mutter gegangen, wo sie das Selenekostüm versteckt hatte. Eilig zog sie es an, setzte die Perücke auf, die Selinas Frisur bis aufs Haar glich, und krönte sie mit der Kopfbedeckung, die sie der von Selina hatte nachbilden lassen. Sie betrachtete ihr Spiegelbild und dachte, bei nicht zu hellem Licht könnte man sie für Selina halten.

Als sie das Zimmer verließ und die Treppe hinunterging, konnte sie Selinas Hilfeschreie hören. Für den Fall, dass jemand Selina hörte, würde sie sich beeilen müssen. Sie wandte sich an einen Hausdiener und reichte ihm eine Nachricht. »Bitte geben Sie die Mr. Malcolm. Es ist wichtig, dass er sie sofort erhält«, sagte sie.

Dann eilte sie in die Bibliothek, denn in ihrer Nachricht hatte sie Mr. Malcolm gebeten, sie dort zu treffen.

Sie brauchte nicht lange zu warten. Sie wollte gerade gehen, weil sie ihren Plan nun doch für eine schlechte Idee hielt und Selina befreien wollte, da betrat Mr. Malcolm die Bibliothek.

»Miss Dalton, *Selina«,* sagte er und Julia verletzte die Verehrung in seiner Miene. Als sie sie mit dem Ausdruck der Verachtung verglich, den er in ihrer Gegenwart immer an den Tag gelegt hatte, hielt sie ihr Handeln für gerechtfertigt.

»Das erinnert mich an unser erstes Treffen«, sagte Malcolm. »Nur dass ich derjenige war, der ein Stück Papier in der Hand hielt.«

Er kam zu ihr in die dunkelste Ecke der Bibliothek. »Erinnern Sie sich noch daran, was Sie zu mir gesagt haben?«

Julia schüttelte den Kopf.

»Wie konnten Sie das so schnell vergessen? Ich erinnere mich an jedes Wort, das wir je gewechselt haben. Ich sagte, Hoffnung sei vergeblich und Sie haben mir widersprochen. Sie sagten, sie hofften, dass ich bekäme, wonach ich suche. Sie hatten ja keine Ahnung, dass *Sie* es waren, nach der ich gesucht habe.«

Mr. Malcolm hielt inne und ergriff ihre freie Hand. »Ich wollte eigentlich bis zum Ende ihres Aufenthaltes in meinem Haus warten, um ganz sicher zu sein, dass ich die richtige Entscheidung treffe. Aber ich glaube nicht, dass ich noch überzeugter sein kann, als ich es ohnehin schon bin. Selina, würden Sie mir die Ehre erweisen, meine Frau zu werden?«

Julia konnte nicht glauben, wie gut Mr. Malcolms Verhalten in ihren Plan passte. »Es tut mir leid, aber ich kann nicht«, flüsterte sie, damit er ihre Stimme nicht erkannte.

»Wie bitte?«, fragte Malcolm und blickte sie erschrocken an.

»Ich kann Sie nicht heiraten«, sagte Julia.

»Das verstehe ich nicht. Ich dachte, Sie erwidern meine Gefühle.«

»Ich will nicht leugnen, dass ich Sie gernhabe, aber ich kann Sie nicht heiraten. Wissen Sie, ich habe eine Liste«, sagte Julia und rief sich ins Gedächtnis, leise zu sprechen, auch wenn sie ihn am liebsten triumphierend angeschrien hätte. Sie reichte ihm den Zettel, den sie in der Hand hielt, und beobachtete, wie er zu einem helleren Teil der Bibliothek ging, um ihn zu lesen.

Sie sah, wie er die Liste überflog, die den Titel trug: »Anforderungen an einen Ehemann«. Alle Punkte waren abgehakt worden, bis auf einen. Sie beobachtete ihn umso genauer, als sein Blick auf diesen fiel. Er lautete: »Er soll anderen Menschen nicht das Gefühl vermitteln, dass sie einem unmöglichen Standard nicht gerecht werden können.«

Als er schließlich zu ihr aufsah, schockiert und tief verletzt, drehte sie sich um, verließ eilig die Bibliothek und ignorierte ihn, als er rief, sie solle warten.

Malcolm konnte nicht glauben, was er in den Händen hielt. Nachdem er jahrelang andere beurteilt hatte, konnte er nicht fassen, dass nun *er* beurteilt und für unzulänglich befunden worden war. Irgendwo lachte irgendjemand über ihn, da war er sich sicher. Einen Augenblick stand er niedergeschlagen da und blickte ungläubig auf Selinas Liste, bevor ihm klar wurde, dass er nicht zulassen konnte, dass es so endete. Er würde Selina davon überzeugen, dass er alle Anforderungen auf ihrer Liste erfüllte, genau wie sie all diejenigen auf seiner erfüllte.

Selina rannte schnell die Treppen hinunter und in den Ballsaal. Julia entdeckte sie unter den zahlreichen Tanzenden nicht, begegnete aber Mr. Ossory.

»Miss Dalton, ich dachte, Sie wären mit Malcolm in der Bibliothek.«

»Was?«, fragte sie und blickte sich weiter suchend nach Julia um.

»Nun, vielleicht sollte ich es nicht erwähnen, aber Malcolm bekam ihre Nachricht, während er mit mir sprach, deshalb hat er mir von ihrer Verabredung in der Bibliothek erzählt.«

»Ich habe mich nicht mit Mr. Malcolm verabredet…«, setzte Selina an, brach dann aber ab. Sie fragte sich, ob sie in der Bibliothek nach Julia suchen sollte. Sie wandte sich um, verließ eilig den Ballsaal, dicht gefolgt von Mr. Ossory.

»Miss Dalton, ist alles in Ordnung?«, fragte Mr. Ossory, als sie die Bibliothek erreichten und eine Frau, die genauso aussah wie Selina, hinaus in den Flur gerannt kam.

Stille breitete sich aus, während Mr. Ossory schockiert von einer Selene zur anderen blickte. Dann sagte er: »Miss Thistlewaite, sind Sie das? Was machen Sie in Miss Daltons Kostüm?«

»Julia!«, rief Selina. »Was hat das zu bedeuten?«

Julia versuchte, sich an ihnen vorbeizudrängen, aber Mr. Ossory hielt sie auf. »Sie sollten sich wohl besser erklären, Miss Thistlewaite«, forderte er streng.

»Selina«, hörten sie Malcolm aus der Bibliothek rufen, dann trat auch er zu ihnen in den Flur.

»Was ist denn hier los?«, fragte Malcolm, als er die beiden Selenes erblickte.

»Wir warten, dass Julia es uns erklärt«, sagte Selina.

»Julia?«, fragte er und musterte die zweite Selene genauer. »Wir sollten wohl in die Bibliothek zurückkehren«, schlug Malcolm vor.

Sie marschierten in die Bibliothek, Mr. Ossory führte die resignierte Julia. Mr. Malcolm zündete noch ein paar Kerzen an, nahm die Maske ab und betrachtete Julia, die sich neben Mr. Ossory auf ein Sofa gesetzt hatte.

»Also waren Sie es, die gerade meinen Antrag abgelehnt hat«, sagte Malcolm.

»Was?«, rief Selina. »Julia, wie konntest du nur?«

Julia, die in drei missbilligende Gesichter blickte, riss sich die Maske herunter und brach in Tränen aus.

»Nun, Miss Thistlewaite?«, fragte Mr. Ossory nach ein oder zwei Minuten, offensichtlich unbeeindruckt von ihren Tränen.

»Er ist selbst schuld«, sagte Julia und deutete mit dem Kopf in Malcolms Richtung. »Er hat mich öffentlich verschmäht, nur weil ich eine Anforderung auf seiner dämlichen Liste nicht erfüllte. Also entschied ich, er müsse erfahren, wie es sich anfühlt, beurteilt und für unzulänglich befunden zu werden. Ich machte ihn mit Selina bekannt …«

»Selina! Sagen Sie mir nicht, dass Sie da mit drinstecken?«, fragte Malcolm.

»Nein, natürlich nicht«, sagte Selina, doch dann übermannte sie ihre angeborene Ehrlichkeit. »Nun, das heißt, ich wusste zwar von der Liste, aber mit Julias Plan wollte ich nichts zu tun haben.«

»Sie wussten von der Liste?«, fragte Mr. Malcolm.

»Ja, aber Sie glauben doch nicht, dass…« sagte Selina, aber Malcolm unterbrach sie. »Wann haben Sie davon erfahren?«

»An dem Tag, als ich nach London kam, hat Julia sie mir gegenüber erwähnt, aber Sie können doch nicht glauben…«

»Würden Sie bitte aufhören, mir zu sagen, was ich glauben kann?«, herrschte Malcolm sie an und Selina wich erschrocken zurück. So hatte sie Malcolm noch nie erlebt. Kalt, unnachgiebig, wütend. »Und würden Sie bitte diese verfluchte Maske abnehmen? Die Zeit der Verstellung ist vorbei.«

Selina antwortete würdevoll. »Ich habe nie vorgegeben, jemand anderes zu sein als ich selbst.«

»Sie haben mich also nicht angelogen und behauptet, nicht mit Mrs. Covington verwandt zu sein?«, fragte Malcolm. »Gott, was war ich doch für ein Narr. Schon damals hätte ich es erkennen müssen«, sagte er und fuhr sich mit der Hand durch die Haare.

»Jeremy«, sagte Selina, ging zu ihm und legte ihm die Hand auf den Arm. »Bitte hören Sie mich an, bevor Sie mich verurteilen.«

»Und warum sollte ich Ihnen glauben? Wie es aussieht, haben Sie mich die ganze Zeit über getäuscht.«

Selina wich vor Malcolm zurück, als hätte er sie geschlagen, und sackte auf einen Sessel nieder. Mr. Ossory fühlte sich genötigt, sie zu verteidigen. »Jeremy, vielleicht solltest du dir anhören, was Selina zu sagen hat.«

»Heißt sie wirklich Selina? Es scheint, als hätte sie dich genauso verzaubert wie mich. Ich glaube nicht, dass du mir Ratschläge geben solltest. Wenn Sie mich nun bitte entschuldigen würden, ich bin der Gastgeber eines Balls. Ironischerweise eines Maskenballs, um genau zu sein«, sagte er und verließ den Raum.

Selina saß wie versteinert da, dann lief ihr eine einzelne Träne über die Wange und hinterließ eine Spur in ihrem weiß gepuderten Gesicht. Julia stand vom Sofa auf, eilte zu ihr und kniete sich neben ihren Sessel. »Selina, es tut mir so leid. Bitte sag, dass du mir verzeihst.«

Selina ignorierte sie, stand auf und ging zur Tür. »Verschon mich«, sagte sie und verließ den Raum.

KAPITEL 12

Julia sah sich einem sehr wütenden Henry Ossory gegenüber. »Ich hoffe, Sie sind stolz auf Ihr Verhalten heute Abend«, zischte er.

»Natürlich bin ich das nicht. Ich fühle mich furchtbar. Und als würde mir gleich schlecht«, sagte Julia und legte sich die Hand auf den Bauch.

»Nun, das sollten Sie auch. Sie haben das Leben zweier Menschen ruiniert – und weshalb? Wegen eines albernen Grolls, den Sie gegen Malcolm hegen.«

»Das war dumm, nicht wahr?«, gab Julia traurig zu. »Es ist seltsam – damals kam es mir so wichtig vor.«

Henry verspürte einen Anflug von Sympathie für Julia. Sie gab ein trostloses Bild ab, die Nase rot vom Weinen, das Haar von der Perücke, die sich im Laufe der hitzigen Diskussion gelöst hatte, zerzaust.

Tatsächlich hatte Henry sie noch nie in dermaßen schlechter Verfassung gesehen. Sie bemerkte seinen Blick und unternahm einen kläglichen Versuch, ihr Haar zu richten.

Er lächelte sie leicht an, was das Gegenteil von dem bewirkte, was er beabsichtigt hatte. Er war ziemlich überrascht, als sie sich ihm schluchzend an die Brust warf. Er machte beruhigende Geräusche und streichelte ihr über den Kopf, wobei er sich bemühte, nicht darüber nachzudenken, dass diese Griechinnen anscheinend nicht sehr viel von Unterwäsche hielten.

Als Julias Schluchzen abebbte und sich in gelegentlichen Schluckauf verwandelte, fragte er sich, ob es wohl schäbig wäre, sich von ihr zu lösen. Je länger er sie festhielt, desto unbehaglicher wurde ihm zumute. Auf gar keinen Fall wollte er lüsterne Gedanken ausgerechnet in Bezug auf Julia Thistlewaite hegen.

Er atmete erleichtert auf, als sie sich schließlich zurückzog und sich für den nassen Fleck entschuldigte, den sie auf seinem Mantel hinterlassen hatte.

»Schon gut«, sagte er und fragte sich, ob er sich jetzt von ihr verabschieden könne. Aber sie stand immer noch da, kaum einen Meter entfernt, mit gesenktem Kopf, in einer Haltung, die so gar nicht der Respekt einflößenden Miss Thistlewaite entsprach, und er hielt es für unhöflich, sie in diesem Zustand allein zu lassen.

»Und es tut mir leid, dass ich auch Sie in all das hineingezogen habe. Ich kann mir vorstellen, dass Sie und Selina nun heiraten werden«, sagte sie und blickte zu ihm auf.

»Oh, ich weiß nicht«, erwiderte er. »Vielleicht ist es noch nicht zu spät für sie und Malcolm.«

»Aber Sie verehren Selina«, sagte Julia. »Wünschten Sie nicht, sie wäre frei?«

»Sie wird nicht frei sein, wenn sie in einen anderen verliebt ist.«

Julia seufzte. »Ich wünschte, ich wäre mehr wie Selina. Alle mögen sie. Das ist ziemlich unerfreulich«, sagte Julia und klang dabei wieder mehr nach sich selbst.

Henry entschied, dass sie es überstehen würde. »Wenn Sie mich entschuldigen würden, Miss Thistlewaite …«

»Oh, natürlich. Gehen Sie ruhig. Ich werde einfach hierbleiben und über all meine Fehler nachdenken.«

Henry ging zur Tür, drehte sich jedoch um, als Julia sagte: »Mr. Ossory, glauben Sie, Selina wird mir je verzeihen?«

»Ich weiß es nicht«, entgegnete Henry ernst.

Julia nickte, hob ihr Kinn und wischte sich wütend eine Träne weg.

Julia klopfte leise an Selinas Tür. »Selina?«, rief sie. Es kam keine Antwort, also versuchte sie, den Türknauf zu drehen, und stellte nicht allzu überrascht fest, dass die Tür verschlossen war. Sie klopfte erneut.

»Geh weg«, hörte sie Selina sagen.

»Selina, bitte mach die Tür auf.«

»Nein.«

»Ich gehe nicht eher, bis du die Tür geöffnet hast.«

Einen Moment lang herrschte Schweigen, während Julia wartete. Nichts geschah, also klopfte sie erneut. Dann wurde die Tür schnell geöffnet.

»So, die Tür ist offen. Jetzt verschwinde«, sagte Selina und schloss sie wieder.

»Das habe ich nicht gemeint, und das weißt du auch!« Julia drehte den Türknauf und diesmal war die Tür nicht abgeschlossen. Sie trat ein und ging zur Fensterbank, auf der Selina saß und hinaus in die Dunkelheit starrte.

Jetzt, wo sie im Zimmer war, wusste Julia nicht, was sie sagen sollte. Es gab nichts, was sie tun konnte, um ihr Verhalten zu entschuldigen; es war verachtenswert. Einen Moment stand sie nur da und überlegte, ob sie wieder gehen sollte, da drehte sich Selina zu ihr um und blickte sie an.

»Falls du dich fragst, ob du mich in meinem Zimmer einschließen sollst, kann ich dir versichern, dass ich für den Rest des Abends nicht plane, noch einmal herunterzugehen. Du kannst dich also gern bis morgen für mich ausgeben.«

»Natürlich habe ich nicht vor, dich in dein Zimmer zu sperren«, antwortete Julia, wich aber unter Selinas vernichtendem Blick zurück. »Selina, es tut mir so leid. Ich kann dir gar nicht sagen, wie leid es mir tut.«

»Bemüh dich nicht. Ich will es nicht hören«, sagte Selina.

»Du hast jedes Recht, wütend auf mich zu sein. Ich bin ja selbst wütend auf mich. Ich hätte schon vor Wochen auf dich hören sollen. Aber ich war so eifersüchtig auf dich«, erklärte Julia.

»Wovon redest du? Du hast es getan, weil du dich an Mr. Malcolm rächen wolltest.«

»Ich weiß nicht, warum ich es gemacht habe. Ursprünglich wollte ich Mr. Malcolm demütigen, aber später wollte ich deine Chancen bei ihm ruinieren. Ich konnte es nicht ertragen, dass du erfolgreich warst, wo ich versagt hatte.«

»Nun, da du meine Hoffnungen auf eine Heirat mit Mr. Malcolm ruiniert hast, musst du sehr zufrieden mit dir sein.«

»Das ist ja das Seltsame, ich bin nicht im Geringsten zufrieden«, räumte Julia ein.

Selina seufzte. »Ich nehme an, es ist nicht mehr wichtig, warum du es gemacht hast; es ist zu spät, um noch etwas zu ändern.«

»Dann verzeihst du mir?«

»Ich tue alles, was du willst, wenn du mich nur endlich in Ruhe lässt.«

»Nein, wir müssen herausfinden, wie wir das wieder

in Ordnung bringen«, sagte Julia, zog einen Schemel heran und setzte sich zu Selinas Füßen.

Selina stöhnte verärgert und stieß leicht mit dem Kopf gegen das Fenster. »Warum lässt du mich nicht in Ruhe über mein Elend nachdenken?«

»Weil ich nicht will, dass du unglücklich bist. Ich möchte, dass du glücklich bist.«

Selina betrachtete Julias Gesicht und erkannte, dass sie es ernst meinte. »Dann werden wir wohl beide enttäuscht werden«, erwiderte Selina.

»Mr. Malcolm liebt dich, Selina«, sagte Julia. »Ich sollte es wissen. Ich war bei seinem Antrag dabei.«

»Wenn du willst, dass ich dir verzeihe, solltest du mich besser nicht daran erinnern.«

»Ich will damit sagen, wenn er dich liebt, wird er dir sicher verzeihen, sobald er die ganze Wahrheit kennt. Und genau die werde ich ihm mitteilen.«

»Du vergisst, dass er uns beide für Lügnerinnen und Betrügerinnen hält. Er wird dir nicht glauben.«

Julia schaute einen Moment lang verwirrt, dann wurde ihre Miene triumphierend. »Cassie«, sagte sie.

»Was ist mit Cassie?«

»Cassie wird es ihm sagen. Ihm wird Mr. Malcolm glauben. Und Cassie kennt die ganze Geschichte.«

»Du schlägst tatsächlich vor, dass ich *Cassie* mein zukünftiges Glück anvertraue?«, fragte Selina.

»So ist es, auch wenn ich es selbst nicht glauben kann.«

Der Diskussion überdrüssig zuckte Selina mit den Schultern. »Meinetwegen soll er es versuchen, aber ich bezweifle, dass er Erfolg haben wird. Ich habe noch nie einen Mann so angewidert gesehen wie Mr. Malcolm heute Abend.«

»Er wird darüber hinwegkommen«, versicherte Julia Selina. »Das muss er.«

Julia ließ Selina allein und zog sich wieder ihr Milchmädchenkostüm an. Sie versuchte, ihr Haar in Ordnung zu bringen, aber ohne die Hilfe ihres Dienstmädchens, das sie bereits für den Abend entlassen hatte, fiel es ihr schwer. Sie überlegte, dass Milchmädchen wahrscheinlich ohnehin nicht allzu pingelig mit ihrem Aussehen waren, und eilte zurück in den Ballsaal, um Cassie zu suchen. Sie fand ihn sofort: An eine Säule gelehnt beobachtete er die Tanzenden. Auch wenn es noch nicht Zeit für die Demaskierung war, hätte sie diese lange, schlaksige Gestalt überall wiedererkannt, sogar in etwas wie ein Bettlaken gehüllt.

»Cassie«, sagte Julia. »Ich muss mit dir sprechen.«

»Weißt du, Julia, ich verstehe nicht, warum ihr Damen euch so darüber beschwert, dass ihr Kleider tragen müsst. Ich kann dir sagen, sie sind viel bequemer als Kniebundhosen. Und wenn ich gehe, weht die erfrischendste Brise …«

»Cassie! Ich bin nicht gekommen, um mit dir über die Vorteile der weiblichen Garderobe zu diskutieren! Ich muss ernsthaft mit dir über Mr. Malcolm und Selina sprechen.«

»Ah, ich verstehe. Du hast endlich begriffen, dass dein Plan zwecklos ist. Nun, das war mir von Anfang an klar. Ich wusste einfach, dass Malcolm und Selina füreinander bestimmt sind. Ich kann mir vorstellen, dass das ein bisschen wehtut. Du wolltest Malcolm demütigen und hast ihm am Ende die perfekte Frau auf dem Silbertablett präsentiert.« Cassie gluckste in sich hinein und murmelte: »Und du wolltest ausgleichende Gerechtigkeit.«

»Nun, Cassie, auch wenn es mich schmerzt, muss ich zugeben, dass du mit den beiden recht hattest und ich falschlag. Außerdem habe ich einiges Unheil angerichtet und brauche wirklich deine Hilfe.«

Cassie sah Julia misstrauisch an und fragte sich, ob sie aufrichtig war. Solche Worte hatte er noch nie aus dem Mund seiner Cousine gehört. Als er feststellte, dass sie es ernst meinte, änderte sich seine entspannte Haltung und seine Miene nahm einen resignierten Ausdruck an. »Was hast du jetzt wieder angestellt?«, fragte er.

Während Julia Cassie die Situation schilderte, kam Mrs. Dalton auf sie zu und fragte, ob sie Selina gesehen hätten.

»Ich glaube, sie ist in ihrem Zimmer«, sagte Julia und wirkte, als sei ihr sehr unbehaglich zumute.

Mrs. Daltons prüfender Blick verriet Julia, dass sie sie des Fehlverhaltens verdächtigte, und sie war erleichtert, als Mrs. Dalton sich nur bedankte und den Saal verließ.

Mrs. Dalton fragte sich, warum das Thistlewaite-Mädchen so verlegen wirkte und hoffte, dass Selina nichts zugestoßen war. Mrs. Dalton hatte glücklich zugesehen, wie ihre Tochter den ersten Walzer mit ihrem Gastgeber tanzte, doch kurz darauf verschwand ihre Tochter, und Mr. Malcolm kehrte mit einem Gesichtsausdruck in den Ballsaal zurück, bei der Milch sofort sauer geworden wäre. Dann hatte er auf eine Art mit zahlreichen Sultaninen und Piratenbräuten getanzt, gelacht und geflirtet, die völlig im Gegensatz zu seinem normalen Verhalten würdevoller Zurückhaltung stand.

Mrs. Dalton, die eine kluge Frau war, war zu dem Schluss gekommen, dass er sich mit ihrer Tochter gestritten hatte, und nachdem sie fast eine Stunde auf Selina gewartet hatte, beschloss sie, sie zu suchen. Sie hatte gerade mit ihrer Suche begonnen, als sie zufällig Julia und Cassie begegnete und auf deren Rat hinauf zum Zimmer ihrer Tochter ging.

Sie klopfte leise, aber weil sie keine Antwort erhielt, öffnete sie die Tür, spähte hinein und rief Selinas Namen.

»Was ist denn?«, hörte Mrs. Dalton ihre Tochter fragen, obwohl sie Selina immer noch nicht sehen konnte, da die Bettvorhänge zugezogen waren.

Mrs. Dalton trat ein und schloss die Tür hinter sich. »Selina, ich bin es, deine Mutter«, sagte sie und näherte sich dem Bett. Selina lag zusammengekauert auf dem Bett und hatte offensichtlich geweint. »Na, na«, sagte ihre Mutter, setzte sich neben sie und nahm sie in die Arme, wo Selina heftig weiter weinte, während ihre Mutter sie wiegte, wie sie es schon getan hatte, als Selina noch ein Kind gewesen war.

Cassie gelang es schließlich, Malcolm in der Statuengalerie, in der Erfrischungen gereicht wurden, beiseitezuziehen. Er hatte ungeduldig gewartet, bis Malcolm mit dem Tanzen fertig war, doch es wirkte so, als hätte sein sonst so wählerischer Freund beschlossen, an diesem Abend mit allen Frauen des Landes zu tanzen. Erst als eine von Malcolms Tanzpartnerinnen nach einer Erfrischung verlangte, gelang es Cassie, ihn für einen Moment allein zu sprechen.

»Malcolm, ich muss mit dir reden«, sagte Cassie.

»Das tust du doch gerade«, erwiderte Malcolm.

»Nein, ich meine ein ernsthaftes Gespräch. Allein.«

»Es tut mir leid, alter Freund, aber dies ist ein Ball. Ernsthafte Gespräche sind nicht erwünscht, du hättest zu einer Dinnerparty gehen sollen, obwohl ich bezweifle, dass du dort erfolgreich wärst«, sagte Malcolm, nahm ein Glas und drehte sich um, um den Raum zu verlassen.

»Malcolm, es ist wichtig. Bitte höre mich an. Es dauert nur zehn Minuten.«

Malcolm wandte sich wieder seinem Freund zu, dessen sonst so gelassene Miene einer entschlossenen gewichen war. Er seufzte und nickte dann. »Ich bringe dies nur schnell Miss Madison, danach treffen wir uns in der Bibliothek. Auch wenn ich gehofft hatte, heute Abend nicht mehr dorthin zurückkehren zu müssen.«

Cassie war sicher, dass sein Freund Selina gegenüber nachgeben würde, sobald er die ganze Geschichte gehört hatte, doch Malcolm wirkte unerschütterlich in seiner Ablehnung der jungen Frau gegenüber.

»Ich begreife nicht, warum du mir das erzählst«, sagte Malcolm, nachdem Cassie seine Erklärung beendet hatte.

»Ich möchte, dass du verstehst, dass es nicht Miss

Daltons Schuld ist, sondern Julias. Miss Dalton war von Anfang an gegen diese Täuschung. Und nachdem sie dich kennengelernt hatte, sagte sie Julia erneut, sie wolle nichts mit ihrer Intrige zu tun haben. Dir müsste doch klar sein, dass es Julia war, die dich demütigen wollte, und nicht Miss Dalton.«

»Du hast Nerven, dich für Miss Dalton einzusetzen, nachdem du mir so lange etwas vorgespielt hast«, sagte Malcolm und bedachte Cassie mit einem besonders unfreundlichen Blick.

»Ich habe dir *geholfen,* ich wünschte nur, du hättest den Verstand, das zu erkennen. Es stimmt, Julia wollte dich demütigen. Ich jedoch wusste von Anfang an, dass Miss Dalton perfekt zu dir passt.«

»Ob du nun glaubtest, mir zu helfen oder nicht, Tatsache ist, dass Miss Dalton deinetwegen wusste, was ich mir von einer Frau wünsche, und so zu dieser Frau werden konnte. Ihren wahren Charakter kenne ich doch gar nicht.«

»Das stimmt schlicht nicht! Sie hat kaum zugehört, als Julia und ich ihr davon erzählt haben. Wenn sie zugehört hätte, wäre sie dir wahrscheinlich gar nicht aufgefallen.«

»Willst du damit sagen, dass sie cleverer ist als du und Julia?«

»Nein! Das will ich damit nicht sagen. Auch wenn sie wahrscheinlich cleverer ist als wir, aber …« Erregt fuhr sich Cassie mit der Hand durch die Haare und brachte dabei die Blätter über seinen Ohren in Schieflage. »Zum Kuckuck, du drehst mir das Wort im Mund herum. Was ich sagen will, ist, dass Selina Dalton die richtige Frau für dich ist, Malcolm, und wenn du diese Chance nicht nutzt, wirst du es für den Rest deines Lebens bereuen.«

»Ich schätze deine Besorgnis, aber auf meiner mittlerweile berüchtigten Liste steht nichts von Täuschung, Lügen oder Intrigen. Ich bin nicht länger an Miss Dalton interessiert, und es tut mir leid, dass ich auf ihre Scharade hereingefallen bin.«

Malcolm stand auf und ging zur Tür. »Wenn du mich entschuldigen würdest. Ich habe Miss Madison den nächsten Tanz versprochen.«

»Ich hoffe, du stolperst und brichst dir dein verdammt starres Genick«, murmelte Cassie.

»Das habe ich gehört«, rief Malcolm vom Flur aus.

»Gut!«, antwortete Cassie.

Julia und Mr. Ossory warteten schon ungeduldig darauf, dass Cassie sein Gespräch mit Malcolm beendete. Als sie Malcolm in den Ballsaal zurückkehren sahen, eilten sie in die Bibliothek.

»Und?«, fragte Julia, als sie den Raum betrat.

Cassie blickte auf, und beim Anblick seines Gesichtsausdrucks verschwand Julias hoffnungsvolle Miene. Ziemlich ungraziös warf sie sich auf ein Sofa. »Was ist passiert?«, fragte sie.

»Er wollte kein Wort zur Verteidigung von Miss Dalton hören. Ich habe ihm alles erzählt, und jetzt glaubt er, dass Miss Dalton ihn in eine Falle locken wollte.«

»Er hat Selina nicht verdient«, sagte Julia, doch dann fiel ihr Blick auf Mr. Ossory, der darauf wartete, Mr. Malcolms Platz einzunehmen, und entschied schnell, dass Selina mit Mr. Malcolm besser dran wäre.

»Ich verstehe nicht, warum Jeremy derart ungnädig ist«, sagte Mr. Ossory.

»Ich war selbst überrascht. Ich habe Malcolm noch nie so ungerecht erlebt«, sagte Cassie. »Obwohl, einmal in Eton, als wir Kricket spielten ...«

Unbarmherzig unterbrach Julia Cassie in seinen Erinnerungen. »Vielleicht ist er immer noch verletzt«, sagte sie. »Gewiss erwarten wir, dass er sich zu schnell besinnt. Morgen wird er bestimmt zugänglicher sein. Sobald er über das nachdenken konnte, was Cassie ihm erzählt hat, wird er gewiss erkennen, wie ungerecht er war.«

Im selben Moment erklärte Mrs. Dalton Selina etwas Ähnliches. »Meine Liebe, morgen früh sieht alles schon wieder besser aus. Nach allem, was du mir erzählt hast, ist Mr. Malcolm von Menschen hintergangen worden, denen er glaubte, vertrauen zu können. Ich spreche nicht von dir, Selina«, beeilte sich Mrs. Dalton zu sagen, als Selina Anstalten machte zu protestieren. »Ich meine Lord Cassidy und Miss Thistlewaite. Es ist gewiss nicht angenehm, wenn man entdeckt, dass Gäste im eigenen Haus hinter ihrem Rücken Ränke und Intrigen schmieden. Sicher wird Mr. Malcolm dir gegenüber nachsichtig sein, wenn er sich von seinem ersten Schock erholt hat.«

»Glaubst du, Mama? Ich könnte es nicht ertragen, wenn er mich noch einmal so ansähe wie heute Abend. Als wäre ich eine Art Ungeziefer, das er unter einem Steinbrocken aufgestöbert hat.«

»Du übertreibst. Aber ich glaube trotzdem, dass er dich morgen früh anders ansehen wird.«

Aber am nächsten Morgen war Malcolm nirgends zu finden. Selina vermutete, dass er nach der langen Nacht ausschlafen würde, doch da sie selbst nicht hatte schlafen können, ging sie früh zum Frühstück. Bald gesellten sich auch Julia, Henry, Cassie und Mrs. Dalton zu ihr, die alle sehr hungrig oder sehr langsame Esser waren. Sie trödelten mit dem Frühstück, bis es elf Uhr schlug, doch von Mr. Malcolm fehlte noch immer jede Spur.

Beim Mittagessen erschien er schließlich, wirkte jedoch noch besser maskiert als am Abend zuvor. Er war höflich zu Selina, doch wenn er sie ansprach, fehlte die Wärme in seinem Blick und Tonfall.

Sie überlegte, dass es wohl das Beste wäre, Hadley Hall zu verlassen. Ganz offensichtlich interessierte Mr. Malcolm sich nicht länger für sie. In ihrer Gegenwart war sein Ausdruck nun völlig anders als vor dem Debakel am gestrigen Abend, und es war nicht zu übersehen, dass die Gefühle, die er für sie gehegt hatte, über Nacht verschwunden waren.

»Mr. Malcolm, ich möchte Ihnen und Lady Kilbourne für Ihre Gastfreundschaft danken, aber es ist wohl an der Zeit, dass meine Eltern und ich uns verabschieden. Wir werden morgen früh nach Sussex zurückkehren«, kündigte Selina an und war überrascht, als sie ihre Mutter energisch den Kopf schütteln sah.

»Es tut mir leid, Selina, wir haben zwar darüber gesprochen, aber ich kann noch nicht abreisen. Ich bin heute Morgen mit einem Kratzen im Hals aufgewacht. Ich vermute, ich bekomme eine Erkältung.« Mrs. Dalton ignorierte den bestürzten Blick ihrer Tochter und wandte sich an Mr. Malcolm. »Ich fürchte, wir müssen Ihre Gastfreundschaft noch ein wenig länger in Anspruch nehmen, Sir.«

»Das ist überhaupt kein Problem, Mrs. Dalton. Bitte bleiben Sie so lange, wie Sie wünschen. Es macht für mich keinen Unterschied«, antwortete Malcolm höflich, aber seine Worte verletzten Selina, die das Gefühl hatte, dass er damit seine völlige Gleichgültigkeit ihr gegenüber zum Ausdruck brachte.

»Nun, in diesem Fall könnte ich mit den Thistlewaites in die Stadt zurückkehren. Ich bin sicher, sie freuen sich darauf, nach Hause zu kommen. Wäre es in Ordnung, wenn ich noch eine Woche bei Ihnen bliebe, Madam?«, fragte Selina Mrs. Thistlewaite.

»Ja, natü…«, setzte Mrs. Thistlewaite an, wurde aber von ihrer Tochter unterbrochen.

»Es tut mir leid, Selina, aber Mama und ich sind noch nicht bereit dazu. Ich finde es hier auf dem Lande so erholsam und möchte noch nicht in den Trubel der Stadt zurückkehren.«

Selina blickte ihre Freundin frustriert an und dachte, sie habe ihre Entschuldigung am Abend zuvor womöglich übereilt angenommen. »Nun, dann werde ich wohl noch ein wenig länger in Hadley Hall bleiben«, sagte Selina.

»Ich hoffe, Sie genießen den Rest Ihres Aufenthalts«, erwiderte Mr. Malcolm, obwohl er genau wusste, dass Selina keine einzige Minute davon genießen würde, wenn er sie ansah, als wäre sie eine Fremde, noch dazu eine unangenehme.

»Ich finde es großartig, dass Sie hierbleiben, meine Liebe«, sagte Lady Kilbourne und wenigstens sie klang aufrichtig. Selina wandte sich um, lächelte sie an und war überrascht, dass Lady Kilbourne sie mit all der Wärme ansah, die ihr Sohn vermissen ließ.

KAPITEL 13

Nach dem Mittagessen ging Selina in die Bibliothek, weil sie, wenn sie noch ein paar Tage in diesem verfluchten Haus bleiben musste, die Zeit lesend in ihrem Zimmer verbringen wollte. So würde sie ihrem Gastgeber nicht über den Weg laufen. Es überraschte Selina, ihn in der Bibliothek anzutreffen.

»Oh, entschuldigen Sie«, sagte sie, als sie ihn in einem Sessel mit hoher Lehne am leeren Kamin entdeckte, und wandte sich zum Gehen.

»Sie können ruhig bleiben. Ich nehme an, Sie kamen mit einem Ziel in die Bibliothek«, sagte er und erhob sich.

Sie blieb an der Schwelle stehen und sah ihn über die Schulter hinweg an. »Ich wollte mir ein Buch ausleihen, aber ich kann auch später wiederkommen.«

»Da Sie bereits hier sind, können Sie Ihr Buch genauso gut jetzt mitnehmen.«

Selina ging zu den Bücherregalen, doch es fiel ihr schwer, sich auf die Titel zu konzentrieren und das

Schweigen zwischen ihnen schien sich endlos auszudehnen. Malcolm musste es als ebenso unangenehm empfunden haben wie Selina, denn er räusperte sich und stellte ihr dann eine unverfängliche Frage.

»Sie lesen also gern, Miss Dalton?«

Sie hörte auf, die Buchrücken zu studieren, und sah ihn an. »Ich habe Ihnen bereits gesagt, dass ich gerne lese, falls Sie sich erinnern.«

»Ah ja. Ich erinnere mich durchaus, doch musste ich feststellen, dass Menschen manchmal etwas behaupten, was sie nicht so meinen.«

»Das ist nicht meine Art«, entgegnete Selina. Als er sie nur höhnisch anlächelte, fiel ihr ein, dass sie nicht die Wahrheit über Gertie gesagt hatte, weshalb sie sich zum Regal umwandte, und blindlings ein Buch herauszog. Eilig wandte sie sich zum Gehen, aber Malcolm hielt sie auf, indem er nach dem Buch griff, um den Titel zu lesen.

»Poesie, Miss Dalton? Sind Sie etwa eine Romantikerin? Ich hätte Sie eher für eine Pragmatikerin gehalten«, sagte er. Sie blickte auf seine Hand hinunter, die nur wenige Zentimeter von ihrer entfernt war, verbunden durch das Buch, das sie beide hielten.

Selina entwand das Buch seinem Griff. »Von nun an werde ich sicher eine sein. Erst kürzlich habe ich gelernt, dass es ein Fehler ist, sich romantischen Gefühlen hinzugeben. Die Realität hat die Angewohnheit, sich einzumischen, und das kann ziemlich schmerzhaft sein.«

»Mit Realität meinen Sie wohl Wahrheit. Im Angesicht der bitteren Wahrheit an romantischen Gefühlen festzuhalten ist schwierig, nicht wahr?«

»Oder im Angesicht dessen, was andere Leute für die Wahrheit halten.«

Malcolm lächelte nur, und Selina war enttäuscht, dass die Intensität aus seinen Augen verschwunden war und er wieder die höfliche Maske aufgesetzt hatte, die er schon den ganzen Nachmittag zur Schau getragen hatte. »Sie sind sehr clever, das muss ich Ihnen lassen«, sagte er.

»Glauben Sie?«, fragte Selina. »Ich glaube, ich war sehr dumm.«

»Bravo«, sagte Malcolm und klatschte leicht in die Hände. »Die Rolle der verletzten Geliebten spielen Sie sehr gut. Fast so gut wie Ihre vorherige Rolle.«

Selina wollte etwas erwidern, doch ihre Kehle war wie zugeschnürt, und sie befürchtete, bei dem Versuch zu sprechen in Tränen auszubrechen, und das wollte sie in Mr. Malcolms Anwesenheit auf keinen Fall. Deshalb verließ sie die Bibliothek und ließ ihn dort allein zurück.

Bis zum Abendessen war Selina zu dem Schluss gekommen, dass es am besten wäre, überhaupt nicht mehr mit Mr. Malcolm zu sprechen. Da er offenbar einen ähnlichen Entschluss gefasst hatte, war dies keine allzu schwierige Aufgabe.

Der Rest der Gesellschaft versuchte, so zu tun, als sei nichts Ungewöhnliches vorgefallen. Besonders Lady Kilbourne und Mrs. Dalton bemühten sich um Konversation, doch es war offensichtlich, dass ein Schatten über dem Abend lag. Lady Kilbourne, Mrs. Thistlewaite und Mr. und Mrs. Dalton spielten nach dem Essen lustlos eine Partie Whist, aber Mrs. Dalton war sich kaum bewusst, welche Karten sie in der Hand hielt. Cassie, Julia und Henry Ossory saßen in einer Ecke des Salons und beobachteten Selina, die vorgab, ihr Buch zu lesen, während Malcolm Briefe schrieb.

»Wir müssen etwas unternehmen«, flüsterte Julia ihren beiden Begleitern zu.

»So hat dieses Debakel doch angefangen.«

Julia wollte etwas erwidern, fing aber Mr. Ossorys warnenden Blick auf und beschloss deshalb großmütig, die Bemerkung ihres Cousins zu übergehen. »Mr. Ossory, warum kümmern sie sich nicht ein wenig um Selina? Ich glaube, Mr. Malcolm war eifersüchtig auf Sie. Vielleicht funktioniert es ja noch einmal.«

»Ich bin mir nicht sicher, ob das eine gute Idee ist«, gab Henry zu bedenken.

»Warum hast du nicht mich gebeten, Miss Dalton Aufmerksamkeit zu schenken?«, fragte Cassie. »Ich würde es gern machen.«

»Mach dich nicht lächerlich. Wir wollen Malcolm eifersüchtig machen, ihm soll nicht übel werden«, sagte Julia abweisend, bevor sie sich wieder an Henry wandte. »Sie müssten nur so tun, als ob. Und das sollte Ihnen nicht allzu schwerfallen; immerhin haben Sie zugegeben, dass Sie sie verehren.«

Henry konnte sich nicht erklären, warum, aber aus irgendeinem Grund verärgerte ihn Julias Bitte. Trotzdem stimmte er widerwillig einem Versuch zu, näherte sich Selina, die auf dem Sofa saß, und fragte sie laut genug, dass Malcolm es hören musste, ob sie mit ihm einen Spaziergang durch die Gärten machen würde. Er blickte zu Julia, um sich ihrer Billigung zu versichern, und wunderte sich, dass er einen grimmigen Blick erntete, obwohl er doch nur tat, worum sie ihn gebeten hatte.

Da Henry Julia ansah, entging ihm Malcolms Reaktion auf seine Frage. Selina allerdings nicht. Sie sah, wie Malcolm mit einem leichten Stirnrunzeln von seiner Arbeit aufsah, den Blick jedoch wieder senkte, als er bemerkte, dass Selina ihn beobachtete.

»Ich würde Sie gern begleiten, Mr. Ossory«, antwortete Selina genauso laut, wie Mr. Ossory gefragt hatte.

Sie war überrascht, als Henry etwas enttäuscht aussah und bemerkte dann, dass er Julia beobachtete, die ebenfalls geknickt wirkte. »Vielleicht möchte Julia mitkommen«, sagte Selina etwas leiser.

Henry und Julia freuten sich über diesen Vorschlag, doch Julia lehnte höflich ab, und Henry und Selina machten sich auf den Weg.

Zunächst herrschte zwischen ihnen eine angespannte Stille, und das einzige Geräusch war das Knirschen des Kieses unter ihren Füßen. Schließlich brach Selina das Schweigen und fragte: »Ich dachte, wir hätten vereinbart, Freunde zu sein, Mr. Ossory.«

»Was? Oh, natürlich«, sagte Henry. »Es ist nur ...«

»Nur jetzt, da Mr. Malcolm nicht mehr an mir interessiert ist, befürchten Sie, ich könnte erwarten, dass Sie dem Wunsch Ihrer Tante nachkommen und mir einen Antrag machen, ist es das?«

»Nun, ja, und vor einer Woche hätte ich nichts dagegen gehabt, doch jetzt ...«

»Jetzt fühlen Sie sich zu Julia hingezogen?«, soufflierte Selina, da Henry nicht in der Lage zu sein schien, den Satz selbst zu beenden.

»Nein, ganz und gar nicht!«, widersprach Henry. »Nun, vielleicht ein wenig, aber das heißt nicht, dass ich sie heiraten werde. Obwohl ich damit nicht sagen will, dass ich sie nicht heiraten würde.«

Selina lachte. »Nun, solange Sie sich über Ihre Wünsche im Klaren sind.«

Henry lächelte reumütig. »Ich klinge wie ein Tor, nicht wahr? Ich verstehe es selbst nicht ganz. Vor einer Woche mochte ich Miss Thistlewaite noch nicht einmal.« Er klang aufrichtig verwirrt und Selina lachte wieder.

»Ich glaube, Sie bringen ihre besseren Eigenschaften zum Vorschein«, erklärte sie.

»Das hoffe ich. Ich muss sagen, dass mich ihr Verhalten gestern Abend völlig entsetzt hat. Aber ich glaube, sie bereut es aufrichtig.«

»Das glaube ich auch. Und ich kann es ihr nicht allzu sehr verübeln, denn es hat mir gezeigt, wer Mr. Malcolm wirklich ist. Nun denke ich, dass Julia mit ihrer Einschätzung seines Charakters vielleicht eher recht hatte als ich.«

Henry schüttelte den Kopf. »Es tut mir leid, dass ich Ihnen widersprechen musst, Miss Dalton, aber Sie irren sich. Miss Thistlewaite hat aus Egoismus und Stolz gehandelt. Sie *wollte* Malcolm gar nicht richtig kennenlernen. Doch Sie haben den wahren Malcolm kennengelernt. Und ich denke, sein Verhalten ist die Reaktion auf die enorme Verletzung, die er erlitten hat.«

»Ja, die Verletzung seines Stolzes.«

»Vielleicht wurde auch sein Stolz verletzt, doch ich glaube, es geht tiefer als das. Er war bereit, Sie zu heiraten. Das zeigt, wie groß seine Zuneigung ist.«

Selina seufzte. »Zuerst glaubte ich das auch, aber wie er mich ansieht, wie er mit mir spricht!«

»Es ist erst einen Tag her. Lassen Sie ihm etwas Zeit.«

»Habe ich eine Wahl? Meine Mutter und Julia haben meine Abreise verhindert.«

»Sie wollen nur das Beste für Sie.«

»Ist das auch der Grund, weshalb Sie mit mir spazieren gehen?«, fragte Selina.

»Nun, um die Wahrheit zu sagen, hat Miss Thistlewaite es vorgeschlagen. Sie meinte, Mr. Malcolm würde vielleicht eifersüchtig, wenn ich Ihnen meine Aufmerksamkeit schenke. Aber ich gehe sehr gern mit Ihnen spazieren.«

»Noch lieber würden Sie aber mit Julia spazieren gehen.« Selina unterbrach ihn, als er protestieren wollte. »Schon gut. Ich muss zugeben, wenn ich die Wahl hätte, würde ich auch lieber mit Mr. Malcolm spazieren gehen. Also, wenn er mich nicht verachten würde.

»Cassie wäre sehr gern mit Ihnen spazieren gegangen, falls Sie das tröstet. Doch Miss Thistlewaite war der Meinung, das hätte nicht den gewünschten Effekt.«

»Mal davon abgesehen, dass meine Zehen die ganz Zeit in Gefahr wären.«

Offensichtlich besserer Laune kehrten Selina und Henry in den Salon zurück. Das hatte den ungewöhnlichen Effekt, dass es mindestens zwei der Anwesenden bedrückte. Es veranlasste jedoch Mrs. Dalton dazu,

Mr. Ossory genauer zu mustern. Selina bemerkte den Blick ihrer Mutter und wusste, dass sie mit ihr sprechen musste. Ihre Mutter sollte nicht glauben, Mr. Ossory wäre ein zufriedenstellender Ersatz, wenn Mr. Malcolm nicht den Anforderungen entsprach.

KAPITEL 14

Der nächste Morgen verlief ähnlich, und Malcolm und Selina ignorierten einander höflich. Nach dem Mittagessen kehrte Selina in ihr Zimmer zurück und fand dort eine Nachricht vor. Sie ermahnte sich, sich nicht zu sehr zu freuen, auch wenn sie beim Anblick der Nachricht hoffte, sie wäre von Mr. Malcolm. Als sie sie öffnete, war es eine Einladung von ihrer Gastgeberin zu einer Besichtigung des Wintergartens um zwei Uhr. Selina sollte Lady Kilbourne und den Rest der Gesellschaft dort treffen.

Ein Diener brachte Selina zum Wintergarten und ließ sie vor der Tür allein. Als sie die Tür öffnete, traf sie ein Schwall warme würzige Luft. Selina schaute sich um und staunte über die Vielfalt der exotischen Pflanzen und Bäume. Viele blühten und die meisten hatte sie noch nie gesehen. Langsam ging sie den ersten Gang hinunter und landete schließlich auf einem kleinen Platz in der Mitte des Wintergartens, über den sich eine hohe spitze Kuppel aus Glas wölbte.

Sie hatte gerade begonnen, auch diesen Bereich zu besichtigen, als sich jemand räusperte und sie aufschreckte. Sie blickte auf und sah Malcolm an einer der Steinbänke stehen, die in der Mitte des Platzes einen Kreis bildeten.

»Ich schätze, dafür muss ich mich bei Ihnen bedanken«, sagte er und hielt ihr einen Zettel hin.

»Wie bitte?«, fragte Selina.

»Wollen Sie mich mit einer kompromittierenden Situation in die Falle locken? Ich muss zugeben, dass ich Sie für sehr viel cleverer gehalten hätte. Wenn man uns beide allein antrifft, rechtfertigt das wohl kaum einen Heiratsantrag. Oder vielleicht wollen Sie sich auch auf ein Zeichen ihres Komplizen in meine Arme werfen. Wer ist es denn? Miss Thistlewaite?«

»Ich weiß nicht, wovon Sie sprechen«, erwiderte Selina. »Ich habe eine Einladung für eine Besichtigung des Wintergartens um zwei Uhr erhalten. Ich nahm an, es handele sich um eine Gruppenführung. Ich hatte sicher nicht vor, Sie hier allein zu treffen.«

»Und ich nehme an, es ist Zufall, dass auch ich eine Einladung bekommen habe? Allerdings steht auf meiner nichts so Unbedeutendes wie eine Besichtigung, sondern etwas so Unsinniges wie eine ›Diskussion, die mir in Zukunft einen großen Nutzen erweisen wird‹. Sie war recht schauerlich, nun, wo ich genauer darüber nachdenke.«

»Dann frage ich mich, warum Sie überhaupt gekommen sind«, sagte Selina.

Malcolm zuckte mit den Schultern. »Meine Neugier war geweckt.«

»Nun, wenn Sie so viel Angst vor meinen hinterhältigen Plänen haben, warum gehen Sie dann nicht einfach?«

»Das werde ich«, sagte Malcolm, machte aber keine Anstalten aufzubrechen.

»Ich bin froh, das zu hören.«

»Werden Sie hierbleiben?«, fragte er.

»Nein, ich werde auch gehen«, sagte Selina. »Der Wintergarten hat viel von seinem Reiz verloren.« Sie wirbelte herum und eilte den Weg zurück, den sie gekommen war. Sie griff nach der Klinke, um die Tür zu öffnen, doch sie wollte sich nicht öffnen lassen. Sie zog noch einmal daran, aber nichts geschah.

Malcolm stand direkt hinter ihr. »Nun? Haben Sie Ihre Meinung geändert?«

Selina zog noch verzweifelter an der Klinke, doch die Tür bewegte sich keinen Millimeter. »Sie scheint zu klemmen«, sagte sie. »Es muss an der Feuchtigkeit liegen.«

»Lassen Sie es mich versuchen«, sagte Malcolm und griff nach der Klinke. Doch auch er konnte die Tür nicht öffnen. »Sie klemmt tatsächlich, aber ich bezweifle, dass es an der Feuchtigkeit liegt«, sagte er und wandte sich mit vor der Brust verschränkten Armen zu Selina.

»Und woran liegt es ihrer Meinung nach?«, fragte sie, dann erkannte sie, dass er sie schon wieder beschuldigte, ihn in eine Falle gelockt zu haben. »Sie … Sie arroganter, eingebildeter Wichtigtuer! Lieber würde ich den Gärtner heiraten!«

»Ich werde dafür sorgen, dass Thompson von Ihrer Wertschätzung erfährt«, sagte Malcolm.

Selina antwortete nicht, sondern schritt majestätisch zu den Steinbänken zurück und setzte sich.

»Was machen Sie da?«, fragte Malcolm und folgte ihr.

»Ich warte darauf, dass derjenige, der uns eingeschlossen hat, zurückkommt, und würde lieber sitzend warten, falls es Ihnen nichts ausmacht.«

»Soll derjenige zu einer bestimmten Zeit zurückkommen?«, fragte Malcolm und setzte sich auf eine Bank Selina gegenüber.

»Würden Sie sich bitte ein für alle Mal von dem Gedanken befreien, dass ich etwas damit zu tun habe? Es gefällt mir nicht, gewaltsam eingesperrt zu sein, und ich werde dieser Erfahrung langsam überdrüssig.«

»Ich fürchte, ich verstehe nicht. Wurden Sie schon einmal wegen eines Verbrechens eingesperrt?«

»Natürlich nicht. Julia hat mich am Abend des Maskenballs in ihrem Zimmer eingeschlossen, damit sie sich für mich ausgeben konnte. Wenn ich herausfinde, dass sie auch für dieses Manöver verantwortlich ist, werde ich ihr diesmal nicht so schnell verzeihen.«

»Ich muss sagen, Sie haben einen ziemlich unglücklichen Geschmack bei Freunden.«

»Das habe ich kürzlich auch feststellen müssen«, antwortete Selina mit einem vielsagenden Blick in Malcolms Richtung.

Ihre Bemerkung schien ihn ein wenig aus der Fassung gebracht zu haben, denn kurz wirkte er erschrocken, was er jedoch schnell verbarg, indem er in seine Hand hustete. Sie saßen ein paar Minuten lang still da, wobei Malcolm Selina hin und wieder einen fragenden Blick zuwarf.

»Nun, wenn wir hier schon eine Weile eingesperrt sind, können wir uns auch genauso gut unterhalten. Warum erzählen Sie mir nicht von sich, Miss Dalton.«

»Ich glaube, zu Anfang unserer Bekanntschaft haben Sie mich etwas Ähnliches gefragt, und ich sagte Ihnen bereits damals, dass eine so unverhohlene Bitte wohl kaum erfüllt werden würde.«

»Ja, ich erinnere mich. Sie haben damals zweifellos versucht, Ihre Herkunft zu verbergen.«

Selina seufzte verärgert und begann in einem monotonen Singsang die Ereignisse ihres Lebens herunterzubeten. »Ich wurde am 23. März 1796 in Chailey, Sussex geboren. Mein Vater diente als Vikar und sein

Lebensunterhalt wurde ihm von Lord Musgrove, einem Verwandten, ermöglicht; ich habe fünf jüngere Brüder und Schwestern, doch einer meiner Brüder, Charles, starb im Alter von drei Jahren an Typhus. Von meinem vierzehnten bis zum siebzehnten Lebensjahr ging ich auf Mrs. Finchs Schule für höhere Töchter, wo ich Julia Thistlewaite kennenlernte. Mit achtzehn nahm ich eine Anstellung als Gesellschafterin bei Mrs. Ossory in Bath an. Sie starb von ein paar Monaten, weshalb ich Julias Einladung, nach London zu kommen, akzeptierte. Während meines Aufenthaltes dort machte ich die Bekanntschaft eines Gentleman, der mich und meine Familie auf sein Anwesen in Kent einlud, offensichtlich einzig und allein zu dem Zweck, mich zu quälen.«

Malcolm blickte Selina weiterhin misstrauisch an. »Sie klingen, als wiederholten Sie, was Ihnen jemand aufgetragen hat«, sagte er.

Selina unterdrückte einen verzweifelten Aufschrei. »Ich werde nicht mehr mit Ihnen reden«, sagte sie. »Meinetwegen können wir die nächsten vierzehn Tage schweigend hier sitzen.«

»Gewiss werden wir nicht vierzehn Tage hier eingeschlossen sein«, sagte Malcolm, doch Selina schwieg eisern.

Sie war sich nicht sicher, wie lange sie so dasaßen – Malcolm lässig auf seiner Bank ausgestreckt, Selina aufrecht und angespannt auf ihrer – als sie sich mit einem Mal bewusst wurde, wie heiß es war. Schweißperlen liefen ihr den Hals und den Rücken hinunter, und ihr Kleid klebte an ihr. Sie blickte zu Malcolm hinüber, der ebenfalls unter der Hitze zu leiden schien. Seine Wangen waren gerötet und auch er sah aus, als schwitze er.

»Ich hatte beschlossen, mich nicht zu entkleiden, aus Angst, man könnte es falsch auffassen, doch ich fürchte, wenn ich bei Bewusstsein bleiben will, muss ich meine Jacke ausziehen«, brach Malcolm das lange Schweigen. »Habe ich Ihre Erlaubnis?«

Selina nickte leicht, entschlossen, ihr Schweigegelübde nicht zu brechen. Sie beobachtete, wie Malcolm sich aus seiner eng anliegenden Jacke und dann aus seiner Weste schälte, sein Leinenhemd darunter war fast durchsichtig, so sehr schwitzte er. Er löste auch seine Krawatte und sie beobachtete fasziniert, wie ein Schweißtropfen langsam seine Kehle hinunterrann und schließlich unter seinem Hemdkragen verschwand. Mit einem Mal war ihr heißer als je zuvor, und sie hob die Hand, um sich Luft zuzufächeln.

Auch er musterte sie aufmerksam, und als Selina an sich hinuntersah, stellte sie fest, dass ihr dünnes Musselinkleid buchstäblich durchgeschwitzt war. Sie hoffte, dass es nicht so durchsichtig war wie Malcolms Hemd. Sie konnte nichts ausziehen, um es sich bequemer zu machen – sie trug keinen Spenzer – aber sie zog ihre Handschuhe aus und seufzte vor Erleichterung.

Sie war überrascht, als Malcolm von der Bank gegenüber aufsprang und auf und ab zu gehen begann. Sie beobachtete ihn matt und fand es viel zu heiß für eine derartige Anstrengung und auch viel zu heiß, um weiterhin wütend auf ihn zu sein. Sie dachte lieber darüber nach, wie gut er aussah, mit der dunklen Locke, die ihm in die Stirn gefallen war, seiner hochgewachsenen schlanken Gestalt, die durch sein Hemd und seine Hosen noch betont wurde. Mit einem Mal hielt er inne und näherte sich ihr.

»Sie sehen aus, als wäre Ihnen nicht wohl, Miss Dalton«, sagte er und seine Stimme war rauer als sonst. Er räusperte sich. »Leiden Sie unter der Hitze?«

Selina vergaß ihr Schweigegelübde. »Es ist ganz furchtbar heiß«, flüsterte sie.

»Hier gibt es einen Brunnen«, sagte er. »Wenn wir unsere Füße ins Wasser hielten, hätte das vielleicht einen kühlenden Effekt auf unsere Kör…, also, es würde uns abkühlen.«

Selina nickte und folgte ihm in einen anderen Teil des Wintergartens, wo ein flacher Granitbrunnen geräuschvoll sprudelte. Der große, runde Brunnen bildete das Herzstück des Raums, in dem sie sich befanden. Selina hatte noch nie etwas so Schönes gesehen und wünschte sich, Malcolm wäre nicht hier und sie könnte mehr als nur ihre Füße abkühlen. Aber er war da, und so setzte sie sich auf den Rand und zog sich die Schuhe aus. Sie drehte sich um und stellte fest, dass er dasselbe tat, fragte sich jedoch, wie sie in seiner Gegenwart ihre Strümpfe ausziehen sollte. Er beendete seine Bemühungen und bemerkte, dass sie ihn ansah.

»Ich werde mich umdrehen, damit Sie Ihre Strümpfe ausziehen können«, sagte er und wandte sich ab. Schnell entledigte sie sich ihrer Strümpfe und ließ es ihn wissen, als sie fertig war. Er hatte sich die Hose bis zu den Knien hochgekrempelt, und Selina wandte hastig den Blick ab. Es hatte etwas allzu Intimes, mit entblößten Füßen und Beinen mit ihm allein zu sein. Sie wandte sich zum Brunnen zurück, zog ihr Kleid bis zu den Knien hoch, stieg ins Wasser und setzte sich auf den schmalen Rand.

Das Wasser war nicht so kalt, wie Selina es sich gewünscht hätte, aber auf ihrer erhitzten Haut fühlte es sich himmlisch an. Malcolm ging es wohl ähnlich, denn er seufzte zufrieden.

Selina streckte zaghaft die Hand aus und benetzte sich die nackten Arme. Sie war überrascht, dass Malcolm plötzlich mit einem nassen Taschentuch neben ihr stand.

»Darf ich?«, fragte er und hielt es hoch. Als sie nickte, legte er ihr das Tuch auf das Gesicht und wischte es zärtlich ab.

»Das fühlt sich wunderbar an«, sagte Selina und schloss die Augen. Sie öffnete sie schnell, als das Taschentuch ihren Hals hinabwanderte. Mit der Hand auf ihrer Halsgrube hielt Malcolm inne, und es kam ihnen vor, als säßen sie eine Ewigkeit dort und blickten sich in die Augen, ihr Atem beinahe so laut wie der Brunnen. Dann lagen sie sich in den Armen.

Später konnte Selina sich nicht erinnern, wie es passiert war – ob er sich zuerst ihr genähert oder ob sie sich an seine Brust geworfen hatte. Es war zu heiß und schwül, um klar zu denken, sie wusste nur, dass sie genau dort war, wo sie sein wollte. Sie war sich ebenfalls nicht sicher, wie sie im Wasser gelandet waren. Zu Beginn saßen sie beide mit den Füßen im Wasser auf dem Brunnenrand, aber irgendwann fand sie sich mit Malcolm im seichten Wasser wieder, vereint in einem leidenschaftlichen Kuss.

In diesem Zustand traf sie der Rest der Gesellschaft an.

Selina hatte gerade erst die Stimmen wahrgenommen, als sie laut ihren Namen hörte. Immer noch im seichten Brunnen mit Malcolm verschlungen, blickte Selina auf und sah Mrs. Dalton, die sie entsetzt anblickte.

»Mama«, sagte sie und schloss die Augen, weil sie dachte, wenn sie sie wieder öffnete, könnte sich das Bild als durch die Hitze hervorgerufenes Trugbild herausstellen. Doch als sie die Augen wieder aufschlug, war ihre Mutter immer noch da.

Malcolm löste sich schnell von Selina und ertränkte sie dabei fast. »Madam, ich versichere Ihnen, dass es nicht so ist, wie es aussieht«, sagte er aufrecht im Wasser sitzend zu Mrs. Dalton.

Selina setzte sich ebenfalls auf und wischte sich das Wasser aus den Augen. Als sie schließlich wieder sehen konnte, bemerkte sie, dass Julia sie entsetzt musterte, während die meisten Herren den Blick abwandten. Selina sah an sich hinab und ließ sich wieder ins Wasser zurücksinken. Ihr Kleid klebte auf höchst ungehörige Weise an ihr und in diesem Zustand wollte sie sich nicht der Gesellschaft präsentieren.

Sie war dankbar, als Lady Kilbourne nach einem Diener rief und nach Handtüchern verlangte, bevor sie sich Selina und Malcolm im Brunnen näherte. »Wenn es nicht das ist, wonach es aussieht, Jeremy, was ist es dann genau?«

»Miss Dalton und ich wurden auf grausame Weise im Wintergarten eingesperrt und es wurde gefährlich warm. Wir fürchteten um unsere Gesundheit und flüchteten uns in diesen Brunnen«, erklärte Malcolm ernst, dann hielt er inne und seufzte. »Miss Dalton und ich möchten unsere Verlobung bekannt geben«, erklärte er resigniert.

»Fantastisch«, rief Lady Kilbourne. »Das ist genau

das, wonach es aussah.« Lady Kilbourne wandte sich von Selina und Malcolm ab und den anderen zu. »Ich denke, ich sollte bei Jeremy und Miss Dalton bleiben, während Sie Ihren Rundgang durch das Gewächshaus fortsetzen. Sie müssen unbedingt die Orangerie sehen«, erklärte sie ihren Gästen und schob Cassie buchstäblich in die Richtung, da er keine Anstalten machte zu gehen und weiterhin Selina anblickte.

Selina fröstelte und konnte kaum glauben, dass ihr vor Kurzem noch übermäßig warm gewesen war. Jetzt, da sie völlig verlegen und sich ihres unzüchtigen Erscheinungsbildes bewusst war, wäre sie am liebsten verschwunden. Immer noch im flachen Wasser sitzend zog sie die Knie an die Brust und legte den Kopf darauf. Auch Malcolm machte keine Anstalten den Brunnen zu verlassen, auch wenn er es geschafft hatte, einen gewissen Abstand zwischen sich und Selina zu bringen.

Als Lady Kilbourne sah, dass ihre Gäste sich auf den Weg gemacht hatten, wandte sie sich Selina und Malcolm zu, die trostlos und klatschnass an entgegengesetzten Enden des Brunnens saßen.

»Ich verstehe, warum ihr eine gewisse Vorliebe für den Brunnen hegt, aber wollt ihr den Rest des Tages darin verbringen?«, fragte sie.

Selina öffnete den Mund, hielt sich aber zurück, als Malcolm sagte: »Wir warten auf die Handtücher.«

»Ja, das nehme ich an. Es könnte etwas peinlich werden, wenn ihr in all eurer Pracht herauskämt. Ah, es sieht so aus, als wären die Handtücher da.«

Selina nahm dankbar ein Handtuch von einem Hausdiener entgegen und versuchte, seinen neugierigen Blick zu ignorieren. Sie vermutete, dass die Bediensteten ihre Eskapade an diesem Abend lebhaft diskutieren würden. Als sie aufstand, hielt sie das Handtuch wie einen Schild vor sich und wickelte sich darin ein. Sie stieg aus dem Brunnen, griff nach ihren Schuhen und Strümpfen, drehte sich um und wollte auf ihr Zimmer flüchten.

»Miss Dalton«, hielt Lady Kilbourne sie auf. »Sie wollen doch gewiss nicht gehen, ohne sich von Jeremy zu verabschieden? Oder wünschen Sie ein wenig Privatsphäre? Das ist völlig verständlich, jetzt, da Sie frisch verlobt sind. Fangt nur nicht wieder an, euch im Brunnen zu tummeln. Ich weiß nicht genau, wie viele saubere Handtücher wir noch haben.«

»Mutter«, warf Malcolm ein. »Ich bin mir sicher, ich spreche auch für Miss Dalton, wenn ich sage, dass wir uns nur die Privatsphäre unseres Schlafzimmers wünschen.« Als seine Mutter nichts erwiderte, sondern nur die Augenbrauen hochzog, wurde ihm klar, dass seine Bemerkung anders geklungen hatte, als beabsichtigt. »Unserer jeweiligen Schlafzimmer, will ich damit sagen. Wir müssen schnell die nassen Sachen ausziehen, damit wir uns nicht den Tod holen. Zum Reden bleibt uns noch genug Zeit.«

Selina sah Malcolm an und war nicht überrascht, dass er sie anblickte, als wolle er sie töten. *Wahrscheinlich glaubt er, ich hätte das alles geplant,* dachte Selina, bevor sie sich bei Lady Kilbourne entschuldigte und auf ihr Zimmer eilte.

KAPITEL 15

Selina hatte sich ohne Hilfe umziehen wollen, um Marys Neugier zu entgehen, die ihr während ihres Aufenthaltes in Hadley Hall zugeteilt worden war. Doch die Nachricht von Selinas Unglück musste zu Mary durchgedrungen sein, denn sie wartete in Selinas Zimmer auf sie und hatte bereits ein Bad vorbereitet. Mary sagte nichts, doch als sie etwas, was wie eine Seerose aussah, aus Selinas Unterhemd zog, hätte sie sich keine schlimmere Demütigung vorstellen können.

Sie war gebadet, weitgehend trocken und angezogen, als ihre Mutter das Zimmer betrat, das Mary gerade verlassen wollte. »Selina, meine Liebe, wie ist es dazu gekommen?«, fragte Mrs. Dalton, sobald sich die Tür hinter dem Dienstmädchen geschlossen hatte. Selina war sich sicher, dass Mary bedauerte, keine Ausrede gefunden zu haben, um zu bleiben.

»Oh, Mama, noch nie in meinem Leben habe ich mich so sehr geschämt«, weinte Selina und verbarg ihr Gesicht in den Händen.

»Ja, das weiß ich wohl, aber ist es wahr, dass du mit Mr. Malcolm verlobt bist?« Ganz offensichtlich hielt Mrs. Dalton dies für das wichtigere Ereignis des Nachmittags.

»Sollte es so sein, wäre es mir nicht recht. Ich weiß, dass er glaubt, ich hätte all das inszeniert. Als würde ich wollen, dass meine Familie und fast alle meine Bekannten mich so sehen. Ich glaube, ich kann ihnen nie wieder unter die Augen treten.«

»Nun, ich muss zugeben, dass es mich überrascht hat, dich in so enger Umarmung mit Mr. Malcolm zu sehen, aber wenn er bereit ist, dich zu heiraten, wird alles gut. Natürlich war es ohnehin keine Frage, ob er das Ehrenhafte tun würde. Alles andere wäre undenkbar gewesen. Damit hätte er deinen Ruf ruiniert.«

»Mama, dieses Gespräch ist nicht sehr ermutigend«, sagte Selina.

Ihre Mutter tätschelte ihr nur die Hand und fragte: »Selina, wie kommst du dazu, dich ausgerechnet in einem *Brunnen* aufzuhalten?«

»Es war so heiß, da schien es eine gute Idee zu sein. Oh, ich weiß es ja auch nicht!«, jammerte Selina, warf sich auf das Bett und vergrub das Gesicht in einem Kissen. »Bitte entschuldige mich beim Abendessen«, sagte sie gedämpft.

»Unsinn. Du bist mit dem Ehrenwerten Jeremy

Malcolm von Hadley Hall, Kent, verlobt. Es geht niemanden etwas an, wo er dich umarmt. Du hast keinen Grund, deinen Kopf im Kissen zu verstecken. Ich denke, du solltest zum Tee herunterkommen.«

»Ich komme auf keinen Fall zum Tee«, gab Selina zurück, bevor sie durch ein Klopfen an der Tür unterbrochen wurde.

»Ja?«, rief sie.

Mary öffnete die Tür einen Spalt und steckte den Kopf ins Zimmer. »Mr. Malcolm bittet um Ihre Anwesenheit in der Bibliothek, Miss.«

»Sagen Sie ihm, dass ich mir eine schreckliche Erkältung eingefangen habe«, sagte Selina, doch ihre Mutter übertönte sie.

»Sagen Sie ihm, dass sie gleich herunterkommen wird«, erklärte Mrs. Dalton bestimmt.

»Ja, Ma'am«, erwiderte Mary, knickste und schloss die Tür.

Selina blieb auf der Schwelle der Bibliothek stehen und beobachtete Malcolm, der am Fenster stand. Auch seine Haare waren immer noch feucht und sie fand den Anblick ungehörig und aufregend zugleich. *Warum kann dies keine echte Verlobung sein,* dachte sie, während sie sein attraktives Profil musterte. *Warum muss er nur so schlecht von mir denken?* Er drehte sich um und sah sie in der Tür stehen.

Bei ihrem Anblick waren Malcolms Gedanken ebenso aufgewühlt. Er konnte nicht glauben, dass er ihr so leicht in die Falle gegangen war, und es ärgerte ihn, dass er sich so verletzlich gezeigt hatte. Seine extreme Vorsicht hatte ihn stets vor allen kompromittierenden Situationen bewahrt, ganz gleich, wie groß die Versuchung gewesen war. Aber bei Selina fiel es ihm ausgesprochen schwer zu widerstehen. Sogar jetzt, da sie zögernd auf der Schwelle stand und ihre großen grünen Augen ihre Beklommenheit verrieten, ertappte er sich dabei, wie er das zu Ende bringen wollte, was sie im Wintergarten begonnen hatten. Und so sehr es ihm auch missfiel, in die Ehe gezwungen zu werden, freute er sich doch auch bei dem Gedanken daran, dass er, sobald sie verheiratet waren, das Recht hätte, ihre Lippen und ihren schönen Körper …

Er schüttelte den Kopf, um derartige Gedanken zu vertreiben, und versuchte, seinen Ärger darüber, dass sie ihn so übel getäuscht hatte, wieder aufleben zu lassen.

»Miss Dalton, bitte kommen Sie herein«, sagte er. Selina gelang es kaum, ein Seufzen zu unterdrücken. Selbst nachdem er dabei beobachtet worden war, wie er sie in einem Brunnen umarmte und ihre Verlobung öffentlich bekannt gegeben hatte, bestand er noch darauf, sie Miss Dalton zu nennen.

»Ich habe mit Ihrem Vater gesprochen, und er hat unserer Verlobung zugestimmt. Wir sollten also besprechen, wann und wo Sie die Zeremonie abhalten möchten. Ich nehme an, Sie würden gern in der Kirche Ihres Vaters heiraten?«

»Sie wollen es wirklich zu Ende führen?«, fragte Selina.

»Natürlich. Es gibt keine andere Möglichkeit. Sie sind hoffnungslos kompromittiert worden und als Gentleman muss ich Ihren Ruf wiederherstellen.« Er lächelte ironisch. »Sie sind zu beglückwünschen, Miss Dalton. Ich habe schon viele Versuche abgewehrt, mich in eine Ehe verwickeln zu lassen, bin aber noch nie jemandem mit so originellen Methoden wie den Ihren begegnet.«

»Sie glauben also, ich sei für die Ereignisse an diesem Nachmittag verantwortlich?«

»Ich glaube nicht, dass es ein Zufall war. Es kann kein Zufall gewesen sein, dass wir im Wintergarten eingeschlossen waren und die gesamte Gästeschar genau eine Stunde später den Wintergarten besichtigte und uns in einer überaus kompromittierenden Lage antraf.«

»Und ich nehme an, dass ich auch schuld an der Lage bin, in der man uns vorfand?«, fragte Selina und blickte Malcolm direkt an. Erfreut stellte sie fest, dass Malcolm die Augen niederschlug.

»Nein, ich muss zugeben, dass Sie nicht allein schuldig sind. Wäre ich stärker gewesen, hätte man den Vorfall vermeiden können. Aber ich habe nie geleugnet, dass ich sie … äußerst attraktiv finde, und ich bin schließlich auch nur ein Mann«, erklärte Malcolm, den Blick auf Selinas nasses Haar gerichtet. Seine Stimme war leiser geworden und Selina wusste, dass er an ihre leidenschaftliche Umarmung dachte, bevor sie entdeckt worden waren. Schnell ergriff sie das Wort, um sich nicht in einer ähnlichen Situation wiederzufinden. Der Blick in seinen Augen war geradezu sengend.

»Ich soll also einen Mann heiraten, der mir den Rest seines Lebens übel nehmen wird, dass ich ihm die Ehe aufgezwungen habe?«

»Ich wäre natürlich darum bemüht, über Ihre unglückliche Vergangenheit hinwegzusehen, wenn wir uns miteinander wohlfühlen sollen«, sagte Malcolm. Selina redete sich ein, froh zu sein, dass er offensichtlich keine romantischen Gedanken mehr hegte. Er war zu seiner früheren steifen Förmlichkeit zurückgekehrt.

»Wie großzügig von Ihnen. Und ich nehme an, ich wäre wiederum gezwungen, Ihrer Nachsicht wegen eine Haltung demütiger Dankbarkeit einzunehmen.«

Malcolm zuckte mit den Schultern. »Sie können jede beliebige Haltung einnehmen, solange zwischen uns ein Mindestmaß an Höflichkeit und Anstand besteht.«

»Höflichkeit? Anstand? *Das* ist es, was Sie sich für

eine Ehe wünschen?«, fragte Selina und erhob die Stimme.

»Es stimmt, ursprünglich hatte ich mir mehr erhofft, aber aufgrund der unglücklichen Umstände unserer Verlobung weiß ich, dass ich mich mit weniger zufriedengeben muss.«

»Nun, ich weiß nichts dergleichen. Ich werde mich nicht mit der Heirat mit einem Mann begnügen, der eine so schlechte Meinung von mir hat. Ein Mann, der glaubt, ich hätte ihn in eine Falle gelockt und mich das für den Rest unseres gemeinsamen Lebens spüren lässt. Vielen Dank für Ihr freundliches Angebot, Sir, aber ich fürchte, ich muss leider ablehnen.«

»Ich bitte Sie, Selina, Sie wissen, dass Sie das nicht können. Heute Nachmittag haben uns zu viele Leute beobachtet. Ihr Ruf wäre für immer ruiniert.«

Selina war zu aufgeregt, um zu bemerken, dass er sie beim Vornamen genannt hatte. »Und wenn ganz England uns beobachtet hätte, es wäre mir egal, und ich würde Sie trotzdem nicht heiraten. Um Himmels willen, es war nur ein Kuss.«

Malcolm zog die Augenbrauen hoch, weil sie ihre Umarmung einfach so abtat und murmelte: »*Nur* ein Kuss?« Doch Selina, die immer noch wütend war, ignorierte seine Bemerkung.

»Sie, Sir, sind der unerträglichste, arroganteste Mann, dem ich je begegnet bin. Ich dachte, Julia läge falsch mit ihrem Plan, sie zu demütigen. Aber jetzt wünschte ich, ich hätte eine aktivere Rolle übernommen. Obwohl, wenn ich darüber nachdenke, wird mir klar, dass ihr Plan nie funktioniert hätte – er war von Anfang an zum Scheitern verurteilt. Sie hat erwartet, dass Sie sich in mich verlieben. Doch inzwischen habe ich begriffen, dass Sie zu derartigen Gefühlen gar nicht fähig sind. Dafür sind Sie viel zu selbstverliebt!«

Selina wirbelte herum, rannte aus der Bibliothek und ignorierte Malcolms Bitte, sie solle warten. Er blieb mitten im Raum allein zurück.

»Verflixt und zugenäht«, rief er genau in dem Augenblick, als seine Mutter eintrat.

»Du klingst nicht wie ein Mann, der frisch und glücklich verlobt ist«, bemerkte sie.

»Das liegt wohl daran, dass ich *nicht* glücklich verlobt bin. Tatsächlich bin ich überhaupt nicht verlobt. Miss Dalton hat mich unmissverständlich abgewiesen.«

Lady Kilbourne seufzte. »Du hast alles ruiniert, nicht wahr, Jeremy? Und das nach all meinen Bemühungen. Es war ein sehr warmer Nachmittag für eine Führung durch den Wintergarten.«

Da Malcolm noch immer über sein Gespräch mit Selina nachdachte, dauerte es einen Augenblick, bis er begriff, was seine Mutter gesagt hatte. Lady Kilbourne wartete geduldig, bis es zu ihm durchgedrungen war.

Als es endlich so weit war, schoss sein Kopf hoch und er musterte sie aufmerksam. »Was hast du gerade gesagt?«

»Ich sagte, dass ich eine Führung durch den Wintergarten arrangiert habe. Um drei Uhr. Ich glaubte, so bliebe euch genug Zeit, um in Ruhe eine Vereinbarung zu treffen. Doch selbst ich war überrascht, euch planschend im Brunnen anzutreffen. So etwas wollen Eltern nicht unbedingt sehen«, sagte Lady Kilbourne nachdenklich. »Ich glaube, der gute Vikar war noch schockierter als ich.«

Mit offenem Mund blickte Malcolm sie ungläubig an. »Willst du damit sagen, dass du hinter den Ereignissen des Nachmittags steckst?«

Lady Kilbourne schüttelte traurig den Kopf. »Das habe ich dir bereits gesagt. Zweimal, um genau zu sein.«

»Warum hast du mir das nicht eher gesagt?«

»Ich wollte dir die Gelegenheit geben, die Sache zu bereinigen. Hätte ich gewusst, dass du es so schnell ruinierst, hätte ich sicher nicht so viel Nachsicht walten lassen.«

Malcolm antwortete nicht, sondern ging zum Fenster, um auf den Rasen hinauszustarren. Seine Mutter beobachtete ihn eine Weile, dann fragte sie, was er getan hatte, um Selina zu verärgern.

»Oh, nichts allzu Ernstes. Ich habe sie lediglich beschuldigt, unsere Gefangenschaft im Wintergarten arrangiert zu haben, damit sie mich zur Ehe zwingen kann.«

Lady Kilbourne seufzte schwer. »Ich hätte es wissen müssen. Mrs. Dalton sagte mir, du hättest Selina auch beschuldigt, an Julia Thistlewaites Plan beteiligt gewesen zu sein.«

»Nun, *das* war keine ungerechte Anschuldigung. Ich habe sie bei einer Lüge ertappt.«

»Wahrscheinlich auf Julias Veranlassung hin. Offensichtlich hat *sie* keine Skrupel, Selina für ihre Zwecke einzuspannen. Ich muss sagen, ich bin ziemlich enttäuscht von dir, Jeremy«, sagte Lady Kilbourne und sah ihn an, sodass er sich fühlte, als wäre er wieder sechs Jahre alt. Als er etwas erwidern wollte, hob Lady Kilbourne die Hand und bedeutete ihm zu schweigen. »Hör mir bitte zu. Ich weiß sehr wohl, dass du eine Liste hast. Und zwar schon seit einiger Zeit. Ich habe mich gefreut, dass du die Sache mit der Ehe so ernst genommen hast, und mir sogar gewünscht, dein Bruder Robert hätte ähnlich viel Sorgfalt walten lassen.

Doch nachdem, wie du Selina behandelt hast, fragte ich mich, ob die Liste tatsächlich eine so gute Idee ist. Ich fand es schrecklich, dass eins meiner Kinder so aufgeblasen und verurteilend geworden ist und sich für etwas Besseres hält als alle anderen. Doch als ich weiter darüber nachdachte, stellte ich fest, dass ich das nicht von dir denke. Eher glaube ich, dass die Liste eine Art

Verteidigung war, ein Schutzschild, wenn du so willst. So viele junge Frauen haben sich wegen deines Vermögens zu dir hingezogen gefühlt, sodass du deine Liebe keiner Frau schenken wolltest, die sich im Gegenzug als unwürdig erweisen könnte. Und als du glaubtest, doch von Selina betrogen worden zu sein, war das wohl auch der Grund für deine Vehemenz ihr gegenüber.«

»Ich weiß, dass du glaubst, ich hätte Selina ungerecht behandelt, Mutter, und ich erkenne, dass sie für die letzte Angelegenheit nichts kann, aber ich bin immer noch nicht davon überzeugt, dass sie mich nicht in die Falle locken wollte.«

»Jeremy, mir war nicht klar, dass du ein dermaßen schlechter Menschenkenner bist. Auch wenn man sagt, dass Liebe blind macht, habe ich noch nicht gehört, dass sie einen auch taub und stumm macht«, sagte Lady Kilbourne und schüttelte ungläubig den Kopf. »Selbst der Dümmste müsste erkennen, dass Selina Dalton eine vollkommen ehrliche Haut ist. Ich habe noch nie eine so aufrichtige und anständige junge Dame getroffen. Ihr einziger Fehler in dieser Angelegenheit ist ihre Verbindung zu Julia Thistlewaite. Wenn es je eine Intrigantin gab, ist sie es.«

Malcolm schwieg einen Moment und dachte über die Worte seiner Mutter nach. »Offensichtlich teilen alle anderen deine Meinung, aber ich war derart besorgt, dass sie mich zum Narren hält. Sie ist so unverschämt schön, weißt du. Ich wollte sichergehen, dass mein Kopf entscheidet und nicht mein ...«

»Ich verstehe, was du sagen willst, Jeremy.« Lady Kilbourne blickte ihren Sohn drohend an.

»Mein Herz wollte ich sagen, Mutter«, erklärte Malcolm, auf dessen Gesicht der Anflug eines Lächelns erschien.

»Natürlich wolltest du das. Genau das habe ich mir gedacht«, sagte Lady Kilbourne hastig und wechselte das Thema. »Ich weiß, dass es schwierig ist, jemanden an dem Schutzwall vorbeizulassen, den du so sorgfältig um dein Herz errichtet hast, aber wenn du es nicht zulässt, läufst du Gefahr, Selina ganz zu verlieren. Liebe lässt sich nicht minutiös planen, mein Junge. Sie bringt gern alles ein wenig durcheinander. Das ist Teil ihres Charmes.« Lady Kilbourne strich ihrem Sohn das Haar aus der Stirn. Dann räusperte sie sich und sagte: »Und, was hast du jetzt vor?«

»Ich weiß es nicht«, erwiderte Malcolm und wirkte mit einem Mal sehr verletzlich. »Was würdest du mir raten?«

»Ich würde vorschlagen, dass du Miss Dalton sofort aufsuchst und ihr sagst, dass du einen Fehler gemacht hast.«

»Ich glaube nicht, dass sie mit mir sprechen will. Sie war sehr verärgert.«

»Natürlich war sie das. Aber wenn du jetzt nicht zu

ihr gehst, wird sie Hadley Hall bestimmt verlassen und dann wirst du diese Angelegenheit kaum noch in Ordnung bringen können.«

»Du hast recht. Dann versuche ich es lieber sofort«, sagte Malcolm.

»Gut. Denn ich würde deinen Vater gern irgendwann vor dem Michaelistag Ende September wiedersehen«, sagte Lady Kilbourne und wandte sich zum Gehen. »Es macht mir nichts aus, für kurze Zeit von ihm getrennt zu sein, denn nur dann bemerkt er, wie gern er mich hat, doch wenn ich zu lange weg bin, besteht immer die Gefahr, dass er mich vergisst.« An Cassie gewandt, dem sie auf dem Weg hinaus begegnete, fuhr sie fort: »Lord Cassidy, bitte halten Sie Jeremy nicht zu lange auf; ich möchte, dass er noch vor dem Abendessen etwas für mich erledigt.«

Malcolm setzte sich an seinen Schreibtisch und deutete auf einen Stuhl davor. »Wenn in meiner Bibliothek weiter so viel Verkehr herrscht, muss ich bald den Teppich austauschen lassen«, sagte er.

Cassie wollte sich nicht setzen, sondern blieb vor dem Schreibtisch stehen und blickte entschlossen auf Malcolm hinab. »Ich bin gekommen, um zu fragen, ob du dich Miss Dalton gegenüber anständig verhalten wirst«, sagte er.

»Das ist wohl eher die Aufgabe ihres Vaters«, entgegnete Malcolm.

»Es ist die Aufgabe eines jeden, der sich um ihr Wohlergehen sorgt. Denn wenn du sie nicht heiraten willst, werde ich es tun«, erklärte Cassie.

»Das ist sehr ritterlich von dir, Cassie, aber nicht nötig. Ich habe die feste Absicht, Miss Dalton zu heiraten, wenn ich sie davon überzeugen kann, meinen Antrag anzunehmen.«

»Ich würde es ihr nicht verübeln, wenn sie sich weigerte. Du hast sie erbärmlich behandelt. Ein Dämon hätte sich kaum dümmer verhalten können.«

»Wie bitte?«, fragte Malcolm verwirrt. »Ich wusste nicht, dass Dämonen für ihre Dummheit bekannt sind.«

»Lenk nicht ab. Du hast dich benommen wie der Grieche, als der du neulich verkleidet warst. Ademon. Miss Dalton ist hoffnungslos in dich verliebt und du tust so, als würdest du tief schlafen.«

»Ah, ich verstehe. Du meinst *Endymion.*«

»Nenn ihn, wie du willst. Der Punkt ist, dass du dich ihr gegenüber rücksichtslos verhalten hast, und ich werde dem nicht länger zusehen. Wir waren immer Freunde, Jeremy, aber wenn du Miss Dalton weiterhin so schlecht behandelst, muss ich dir die Freundschaft kündigen.«

Malcolm stand auf, um Cassie auf die Schulter zu klopfen. »Wahre Worte, alter Freund. Ich gebe zu, dass ich mich sehr schlecht benommen habe. Und ich beabsichtige, auf der Stelle etwas dagegen zu unternehmen.« Malcolm ging hinaus und Cassie blieb zurück und gratulierte sich zu seinem erfolgreichen Vortrag. Er fragte sich, ob er vielleicht doch eine Zukunft im britischen Oberhaus hätte. Wenn er nur aus den Getreidegesetzen schlau würde, könnte er sicher eine Rede schreiben, die die Wirtschaft des Landes verändern würde. Er sah sich schon vor seinen Kollegen stehen und zu ihnen sprechen wie dieser Antonius in diesem Stück von Shakespeare.

»Mitbürger! Freunde! Römer! Hört mich an«, zitierte er und freute sich über den Klang der Worte. Dann fiel ihm auf, dass er wohl kaum »Römer« sagen konnte, und er zerbrach sich die nächste halbe Stunde lang den Kopf über eine passende Alternative. Als ihm nichts einfiel, das genauso gut passte, gab er auf, nicht allzu sehr verärgert darüber, dass seine politische Karriere nun doch gescheitert war.

Malcolm, der Selina nirgendwo finden konnte, wurde klar, dass sie in ihrem Schlafzimmer sein musste. Er wusste, dass es nicht angemessen war, dort mit ihr zu sprechen, aber da ihr Ruf bereits hoffnungslos gefährdet war, entschied er, dass es keine Rolle mehr spielte, ob sie die Anstandsregeln strikt einhielten. Deshalb klopfte er leicht an ihre Zimmertür, ein wenig überrascht, dass sie ihn abwies, ohne zu wissen, dass er es war.

»Miss Dalton«, sagte er, »ich muss mit Ihnen reden.«

Ohne die Tür zu öffnen, entgegnete Selina nach einer kurzen Pause: »Ich glaube, Sie haben schon genug gesagt.«

»Bitte, Miss Dalton, Selina, ich möchte Sie um Entschuldigung bitten«, sagte Malcolm.

Die Tür wurde geöffnet und Selina stand vor ihm, die Arme vor der Brust verschränkt. Sie schien nicht sehr guter Laune zu sein. »Ich warte«, sagte sie.

»Sie erwarten doch nicht, dass ich hier im Flur stehen bleibe, wo jederzeit jemand vorbeikommen könnte«, protestierte Malcolm, als sie keine Anstalten machte, ihn hereinzulassen.

Sie musterte ihn einen Augenblick, dann ging sie in ihr Zimmer und ließ die Tür hinter sich offen. »Falls uns jemand entdeckt, hoffe ich, dass Sie sich daran erinnern, dass ich es vorgezogen hätte, wenn Sie im Flur geblieben wären. Ich will nicht noch einmal beschuldigt werden, Sie in eine Falle gelockt zu haben«, sagte Selina.

Malcolm antwortete nicht, denn er wurde davon abgelenkt, dass sie offensichtlich packte. Kleider stapelten sich auf dem Bett, und auf dem Boden stand eine offene Truhe.

»Was machen Sie da?«, fragte er und blickte sich bestürzt um.

»Das nennt man packen«, sagte sie.

»Aber Sie können doch nicht abreisen!«

»Warum nicht? Tun Sie doch nicht so, als würden Sie mich vermissen. Ich dachte, Sie könnten es kaum erwarten, eine so widerwärtige Person wie mich nicht mehr sehen zu müssen.«

Malcolm zuckte zusammen. »Genau deshalb bin ich hier. Ich wollte Ihnen sagen, dass es ein großer Fehler war, Sie der Täuschung zu beschuldigen. Hinter den Ereignissen von heute Nachmittag steckte meine Mutter.«

Für einen Moment wich Selinas wütende Miene einem Ausdruck der Überraschung. »Ihre Mutter hat uns in den Wintergarten gesperrt?«, fragte sie. »Aber warum?«

»Sie war entschlossen, Sie als Schwiegertochter zu gewinnen. Sie verehrt Sie sehr.«

»Es ehrt mich, dass Ihre Mutter mich mag, doch ich würde es vorziehen, wenn sie es nicht auf so ungewöhnliche Weise zeigen würde«, sagte Selina.

»Sie befürchtete, ich selbst würde es ruinieren, und das habe ich wohl auch«, sagte Malcolm. »Deshalb bin ich gekommen, um Sie um Verzeihung zu bitten.«

Es war jammerschade, dass Malcolms Auftreten sich nicht für eine demütige Entschuldigung eignete. Denn er wirkte wie das genaue Gegenteil eines Bittstellers. »Wie nobel von Ihnen«, erwiderte Selina.

»Warum habe ich den Eindruck, dass Sie es nicht ernst meinen?«, fragte Malcolm.

»Verzeihen Sie mir, aber es ist ein wenig schwierig, beschuldigt zu werden, an einem abscheulichen Plan beteiligt zu sein, um jemanden zu täuschen, und keine Stunde später zu hören, dass alles in Ordnung sei, weil Sie herausgefunden haben, dass Ihre *Mutter* dahintersteckt. Haben Sie sich auch von ihr losgesagt? Schließlich könnte es der Ehrenwerte Jeremy Malcolm wohl kaum ertragen, mit jemanden in Verbindung gebracht zu werden, der weniger als perfekt ist, selbst wenn es sich dabei um seine eigene Mutter handelt.«

»Selina, Sie verstehen nicht; ich möchte Sie immer noch heiraten«, sagte Malcolm.

Selina konnte die Frechheit dieses Mannes nicht fassen. »Nein, Sir, Sie sind derjenige, der nicht versteht. Ich will Sie immer noch nicht heiraten. Haben Sie wirklich geglaubt, Sie sagen einfach ›es tut mir leid‹, und die Geschehnisse der vergangenen Tage wären ausgelöscht? Ich weiß, dass Sie gewohnt sind zu bekommen, was Sie wollen, doch selbst Sie müssen einsehen, dass es so einfach nicht ist.«

»Aber was ist mir Ihrem Ruf? Er wurde irreparabel beschmutzt.«

»Zum Teufel mit meinem Ruf! Ich würde lieber als

gefallene Frau gelten – auch wenn das eine ziemliche Übertreibung der Tatsachen wäre –, als mich auf eine Ehe einzulassen, in der man mir nicht vertraut. Was, wenn wir heiraten und Sie eines Tages feststellen, dass Ihre Hausschuhe verschwunden sind? Wahrscheinlich würde ich vor den Richter gezerrt und des Diebstahls angeklagt.«

»Ich kann Ihnen versichern, dass das nie passieren würde. Ich weiß, dass mein Verhalten in den vergangenen Tagen anmaßend war. Niemand bedauert es mehr als ich«, sagte Malcolm und griff nach Selinas Hand. Schnell zog sie sie weg und er erkannte, dass sie viel zu wütend war, um seine Entschuldigung anzunehmen. Doch er konnte nicht zulassen, dass sie Hadley Hall verließ. Er musste einen Weg finden, sie davon zu überzeugen, wenigstens noch ein paar Tage zu bleiben.

»Ich kann verstehen, warum Sie meinen Antrag nicht annehmen wollen, aber bitte nehmen Sie weiterhin meine Gastfreundschaft an. Fühlen Sie sich nicht zur Abreise genötigt.«

Bei seinem vernünftigen Ton beruhigte sich Selina ein wenig. »Vielen Dank für die Einladung, Sir, aber ich halte es für das Beste, so schnell wie möglich abzureisen.«

»Selina…« Selina sah ihn durchdringend an, und Malcolm wurde klar, dass ihm die stillschweigende

Erlaubnis, sie mit ihrem Vornamen anzusprechen, widerrufen worden war. Er korrigierte sich: »Miss Dalton, seien Sie doch vernünftig. Sie sind vielleicht nicht um Ihren Ruf besorgt, aber ich um den meinen. Wenn Sie gehen und wir sind nicht verlobt, wird man glauben, ich hätte mich Ihnen gegenüber unehrenhaft verhalten. Weshalb Cassie bereits gedroht hat, mir die Freundschaft zu kündigen, wenn ich Sie nicht heirate. Wenn Sie noch ein paar Tagen bleiben, vielleicht eine Woche, und wir eine Scheinverlobung eingehen, können wir später sagen, Sie hätten mir den Laufpass gegeben. Das sollte Ihren Ruf einigermaßen wiederherstellen.«

»Oder ihn sogar verbessern. Ich werde in die Geschichte eingehen als die einzige Frau, die Sie jemals abgewiesen hat«, sagte Selina und ihre Miene hellte sich ein wenig auf. Malcolm fand es äußerst entmutigend, dass nur der Gedanke, ihn sitzen zu lassen, ihr ein Lächeln ins Gesicht zaubern konnte. Aber zumindest schien sie den Vorschlag in Betracht zu ziehen. Sie schwieg noch eine Weile und Malcolm hielt die Luft an ...

»Und es wäre nur für ein paar Tage ...« setzte Selina an.

»Eine Woche wäre wohl besser«, unterbrach Malcolm sie.

»Alle Gäste werden in drei Tagen abreisen. Ich denke

nicht, dass unsere Scharade über ihre Abreise hinausgehen muss«, sagte Selina und blickte Malcolm misstrauisch an.

Malcolm beeilte sich, ihr Misstrauen zu zerstreuen. »Sie haben natürlich recht. Ich hatte das Datum der Abreise vergessen. Also werden Sie bleiben?«

»Nur wenn absolut klar ist, dass *ich* mich entschieden habe, *Ihnen* einen Korb zu geben«, sagte Selina.

»Selbstverständlich. Und Sie werden sich so verhalten, als wären wir verlobt?«, fragte Malcolm.

»Falls man mich fragt, werde ich es nicht leugnen, aber erwarten Sie nicht, dass ich die verliebte Verlobte spiele.«

»Das erwarte ich natürlich nicht von Ihnen«, sagte Malcolm. »Wenn Sie jedoch so tun könnten, als fänden Sie mich nicht völlig abstoßend, würde es unsere Verlobung vielleicht etwas glaubwürdiger erscheinen lassen.«

»Aber ich dachte, Täuschungen wären Ihnen zuwider? Sie würden doch sicher nicht wollen, dass ich Ihnen etwas vorspiele?«, fragte Selina mit aufgerissenen Augen.

Malcolm erkannte, dass die kommenden drei Tage schwieriger werden würden, als er es sich je hätte träumen lassen.

Nicht lange nachdem Malcolm gegangen war, klopfte es erneut an der Tür. Selina widerstand dem Drang, noch einmal »Gehen Sie weg!« zu schreien, denn schließlich sollte sie jetzt eine glücklich verlobte Frau sein. Also ging sie zur Tür, nur um festzustellen, dass Julia gerade im Begriff war, sie zu öffnen.

»Selina, ich bin so froh, dass du und Mr. Malcolm eure Probleme gelöst habt. Ich war dermaßen von Schuldgefühlen geplagt, doch jetzt kann ich wieder glücklich sein«, sagte Julia und folgte Selina ins Zimmer.

Selina war gerade dabei, ihre Kleider wieder in den Schrank zu hängen. Sie widmete sich weiter dieser Aufgabe, während Julia es sich auf der Fensterbank bequem machte. »Ich bin überglücklich, dass ich dein Gewissen nicht mehr belaste«, antwortete Selina.

»Was machst du da?«, fragte Julia, die den Sarkasmus ihrer Freundin ignorierte.

»Ich packe aus.«

»Du packst aus? Wie kannst du auspacken – wir sind doch schon seit über einer Woche hier. Ich versteh das nicht …«

»Nun, ich hatte angefangen zu packen, aber dann habe ich es mir anders überlegt, und jetzt packe ich wieder aus.«

»Warum hattest du denn angefangen zu packen? Du wolltest doch sicher nicht gleich nach der Verlobung abreisen? Ich muss sagen, dass ich sehr zufrieden damit bin, wie sich alles entwickelt hat. Zuerst fürchtete ich, ich hätte deine Aussichten ruiniert, aber jetzt finde ich, du solltest mir dankbar sein.«

Das war zu viel für Selina. »Bevor du dir zu enthusiastisch gratulierst, solltest du wissen, dass Mr. Malcolm und ich bis zum Ende unseres Aufenthaltes nur so tun, als wären wir verlobt, dann werde ich ihm einen Korb geben.« Selina lächelte leicht. »Das ist der einzige Teil dieser Angelegenheit, den ich genießen werde.«

Julia setzte sich auf und blickte Selina entsetzt an. »Was meinst du mit ›so tun, als wärt ihr verlobt‹? Warum solltest du nur so tun? Anscheinend habt ihr euch doch sehr gut verstanden, dort zusammen im Brunnen.«

Bei der Anspielung auf ihre Aktivitäten im Wasser errötete Selina und beschäftigte sich mit den auf dem Bett verbliebenen Kleidern. »Ja, aber genau das hat mich schließlich gegen ihn aufgebracht. Er besaß die Frechheit, mir zu unterstellen, ich hätte die Geschehnisse des Nachmittags arrangiert, um ihm eine Falle zu stellen.«

»Und, hast du?«, fragte Julia.

»Natürlich nicht!«, antwortete Selina eingeschnappt. »Es war Lady Kilbourne.«

»Ehrlich? Das hätte ich nie von ihr gedacht. Sie benimmt sich immer so anständig. Tatsächlich finde ich sie ein wenig einschüchternd. Ich hatte mich gefragt, ob Cassie dahintersteckt, aber der Plan war so gut ausgeführt, dass ich ihn sofort ausschließen musste. Wenn er es gewesen wäre, wäre *er selbst* im Brunnen gelandet.«

Sehr zu ihrer Überraschung musste Selina über Julias Bemerkung kichern. Doch fast sofort wurde sie wieder ernst, warf sich auf das Bett und jammerte: »Oh, warum musste ich mich in so einen Mann verlieben? Er ist so anstrengend!«

»Das kann ich dir sicher nicht beantworten. Andererseits hätte ich auch nie erwartet, dass ich mich zu Henry Ossory hingezogen fühle. Er ist so ... *freundlich*«, sagte Julia und rümpfte angewidert die Nase.

»Ich wünschte, mein Problem wäre, dass Malcolm freundlich ist, aber es ist genau das Gegenteil. Du kannst dir nicht vorstellen, was er mir vorgeworfen hat.«

»Aber du meintest doch, Lady Kilbourne habe euch im Wintergarten eingesperrt. Weiß Mr. Malcolm davon?«

»Ja, er hat es mir selbst erzählt. Und er entschuldigte sich für sein Misstrauen mir gegenüber und sagte, er wolle mich immer noch heiraten. Aber das ist nicht genug, Julia. Er traut mir nicht und wurde zur Heirat mit mir gezwungen. Das ist keine Basis für eine glückliche Verbindung.«

»Weiß er, dass du abreisen willst?«

»Ja, deshalb hat er die vorgetäuschte Verlobung vorgeschlagen. Er sagte, er wolle nicht, dass die Leute glauben, er hätte sich mir gegenüber unehrenhaft verhalten.«

»Das halte ich für einen Vorwand, um dich zum Bleiben zu bewegen, Selina. Es ist ja nicht so, dass einer von uns über die Angelegenheit getratscht hätte. Nein, ich glaube, er ist viel mehr an einer Heirat interessiert, als du vermutest.«

»Meinst du?«, fragte Selina hoffnungsvoll.

»Ja, absolut. Was nicht heißen soll, dass er nicht ein wenig leiden darf«, sagte Julia mit einem gemeinen Lächeln.

Durch das Lächeln beunruhigt sagte Selina: »Es wäre vielleicht am besten, wenn du dich nicht einmischst, Julia«.

»Unsinn. Es wird schon alles gut gehen. Vertrau mir.«

Selina hätte lieber einer Schlange vertraut, aber sie nickte sanftmütig, denn sie hatte gelernt, dass es sich nicht lohnte, mit Julia zu streiten.

KAPITEL 16

Es stellte sich freilich die Frage, warum Selina und Malcolm ihre Verlobung vortäuschten, wenn praktisch alle im Haus von der Täuschung wussten. Malcolm hatte seiner Mutter die Wahrheit gestanden, die sich Mrs. Dalton anvertraut hatte, die es wiederum Mr. Dalton offenbart hatte. Selina hatte es natürlich Julia erzählt, die es Henry und Cassie mitteilte. Mrs. Thistlewaite war die Einzige, die nicht wusste, was vor sich ging. Doch es hätte sie ohnehin nicht interessiert, da sie in eine besonders komplizierte Handarbeit vertieft war.

Die gesamte Gesellschaft tat jedoch so, als wüssten sie nicht, dass mit der Verlobung etwas nicht stimmte. Beim Abendessen wurde über nichts anderes gesprochen, und als sich danach alle in den Salon zurückzogen, drehte sich das Gespräch immer noch um die angebliche Hochzeit, bis Selina am liebsten geschrien hätte, anstatt noch eine weitere Frage zu beantworten, wann und wo die Hochzeit stattfinden sollte und wen sie zur Hochzeit einzuladen gedenke.

Lady Kilbourne und Julia hatten bei ihren Versuchen, Malcolm und Selina aus der Fassung zu bringen, so viel Spaß wie schon lange nicht mehr. Lady Kilbourne war besonders erfolgreich mit ihrem Vorschlag, Malcolm und Selina sollten am Morgen ausreiten, damit Malcolm seine Verlobte seinen Pächtern vorstellen konnte.

Malcolm durchschaute den Plan seiner Mutter, befürchtete aber, sie könnte zu weit gehen. Selina sah ganz und gar nicht aus wie eine glückliche Braut und wirkte besonders beunruhigt über Lady Kilbournes Vorschlag.

»Vielleicht wäre es besser, die Tour zu machen, nachdem das Aufgebot bestellt ist«, schlug Malcolm vor.

»Damit deine Pächter das Gefühl haben, dass sie die Letzten sind, die davon erfahren? Das halte ich für keine gute Idee«, protestierte Lady Kilbourne. »Nein, morgen ist sicher ein besserer Zeitpunkt.«

Malcolm sah Selina achselzuckend an, als wollte er sagen, er habe es versucht, doch seine Mutter könne man nicht so leicht umstimmen. Insgeheim aber freute er sich. Er glaubte, je öfter Selina, als seine Verlobte vorgestellt wurde, desto realer würde der Gedanke für sie und desto schwerer würde es ihr fallen, die Verlobung zu lösen. Malcolm vermutete, dass seine Mutter den Vorschlag deshalb gemacht hatte, und seine Achtung vor ihr wuchs. Und er erkannte, dass sein armer Vater nie eine echte Chance gehabt hatte.

Er verließ Selinas Seite und ging zum Teetablett, wo Julia sich zu ihm gesellte. »Ihr wollt nun also doch heiraten«, sagte sie.

»Es sieht ganz danach aus«, erwiderte Malcolm.

Julia lächelte über die Art, wie er seine Antwort formulierte, woraufhin Malcolm sich fragte, was sie so zum Grinsen brachte. »Es freut mich sehr, dass Sie meine Freundin heiraten werden«, sagte Julia, »aber ich muss Ihnen sagen, dass es jemanden gibt, der Einwände gegen diese Heirat hat.«

»Ach, ja? Wer könnte das sein?«, fragte Malcolm, der hoffte, sie würde nicht Selina sagen.

»Mr. Ossory natürlich. Sie haben sicher bemerkt, wie sehr er sie verehrt. Er hat mir anvertraut, dass er sich wünscht, sie würde einen Rückzieher machen, denn er hat in dieser Hinsicht noch Hoffnungen.«

Malcolm schaute gerade rechtzeitig zu Selina, um zu sehen, wie Henry auf sie zukam und sich auf dem Platz niederließ, von dem Malcolm kurz zuvor aufgestanden war. Er konnte nicht wissen, dass Julia dies alles arrangiert hatte.

»Es tut mir leid, dass Mr. Ossory immer noch Hoffnungen hegt, denn sie werden wohl enttäuscht werden«, stellte Malcolm mit entschiedenem Blick fest.

»Ich muss zugeben, dass ich glücklicher wäre, wenn er dieses Ziel nicht erreichte«, sagte Julia. »Deshalb wollte ich Sie warnen, nichts Dummes zu tun, das Selina dazu bringen könnte, die Verlobung zu lösen, denn dann hätten wir beide Grund zum Bedauern.«

Malcolm nickte nur und beobachtete Henry und Selina, und Julia lächelte, erfreut darüber, dass er so gequält blickte. Sie war weniger erfreut, als er zügig zu Selina und Henry hinüberging, seinen Platz zurückforderte und deutlich zeigte, dass er wütend war.

Henry kam zu Julia zurück und sah ziemlich verwirrt aus. »Ich weiß nicht, was in Malcolm gefahren ist. Seine Stimmung ist unvernünftig ungestüm. Ich habe gerade mit Mrs. Dalton gesprochen, wie Sie vorgeschlagen haben, und er biss mir fast den Kopf ab. Ich hoffe, sie klären ihre Differenzen bald.«

»Oh, er ist nur eifersüchtig. Ich habe ihm gesagt, dass Sie immer noch auf eine Heirat mit Selina hoffen und er bekam einen Wutanfall.«

»Sie haben *was?*«, fragte Henry lauter als gewöhnlich. Als Julia bemerkte, dass alle Augen auf sie gerichtet waren, zog sie ihn schnell durch die Tür in den Garten.

»Es ist alles völlig harmlos. Ich wollte nur sichergehen, dass er Selina die angemessene Wertschätzung entgegenbringt. Ich dachte, wenn er wüsste, dass Sie in den Startlöchern stehen, würde er Selina noch weniger erlauben, ihre Verlobung zu lösen.«

»Miss Thistlewaite, *Julia,* ich habe es satt, dass Sie

ständig Intrigen spinnen und mich in diese dummen Pläne verwickeln.«

Überrascht stellte Julia fest, dass Henry wirklich wütend war. »Aber Henry«, sagte Julia zaghaft und blickte ihn an, um zu sehen, ob er etwas gegen die Verwendung seines Vornamens einzuwenden hatte. Ihren Namen aus seinem Mund zu hören, hatte ihr sehr gefallen, auch wenn er ihn wohl eher aus Verzweiflung denn aus Zuneigung verwendet hatte. Als er keine Einwände erhob, fuhr sie fort: »Das ist kein Plan, es ist wirklich völlig harmlos. Sie müssen gar nichts tun. Auch wenn es vielleicht eine gute Idee wäre, Sie würden Selina etwas *mehr* Aufmerksamkeit schenken.«

»Sehen Sie? Genau das meine ich. Ich weigere mich, eine Anziehung vorzutäuschen, die ich nicht empfinde, nur weil Sie wieder etwas im Schilde führen.«

»Aber Sie müssen doch gar nichts vortäuschen. Sie *fühlen* sich doch zu Selina hingezogen.«

»Jetzt darf ich also nicht einmal mehr selbst entscheiden, zu wem ich mich hingezogen fühle? Wenigstens das könnten Sie mich entscheiden lassen. Sieht es so aus, als fühlte ich mich zu Selina Dalton hingezogen?«, fragte Henry, zog Julia an sich und küsste sie ausgiebig. »Und?«, fragte er dann in völlig verändertem Ton.

»Henry«, sagte Julia leise, immer noch an ihn geschmiegt, »ich dachte, Sie wären ganz arglos.«

Und so blieb Henry nichts anderes übrig, als sie erneut zu küssen, und zwar auf eine Art, die alles andere als arglos war.

Für das Paar, das im Salon zurückgeblieben war, lief es nicht ganz so erfreulich. Nachdem Henry und Julia den Raum verlassen hatten, wandte sich Selina an Malcolm und kritisierte sein Verhalten gegenüber Mr. Ossory.

»Ich kann mir vorstellen, dass Sie nicht wollen, dass ich mich Ossory gegenüber unfreundlich verhalte«, sagte Malcolm vielsagend.

»Ich möchte nicht, dass Sie sich überhaupt unfreundlich verhalten«, gab Selina zurück. »Aber besonders nicht gegenüber jemandem, der eigentlich Ihr Freund sein sollte.«

»Ja, *eigentlich* sollte er mein Freund sein, genau wie Sie *eigentlich* meine zukünftige Braut sein sollten.«

Selina sah ihn verwirrt an. »Ihrem Ton entnehme ich, dass ich etwas aus dieser Aussage schließen soll, doch ich habe nicht die geringste Ahnung, was Sie meinen.«

»Das glaube ich gern«, sagte Malcolm immer noch in diesem sarkastischen Tonfall. »Sie warten nur auf den richtigen Moment, nicht wahr? Sie warten darauf, mir einen Korb geben zu können, um Ihre tatsächliche Verlobung mit Henry Ossory bekannt zu geben.«

»Meine Verlobung mit Henry Ossory?« Selina fing an zu lachen. »Mr. Malcolm, das haben wir doch alles schon besprochen. Mr. Ossorys Interesse an mir ist ausschließlich freundschaftlich. Langsam glaube ich, dass er eine Bindung zu Julia aufbaut, der arme Mann.«

»Miss Thistlewaite hat mir gerade gesagt...« setzte Malcolm an, nur um zu bemerken, dass die anderen Anwesenden ihrer Unterhaltung mehr Aufmerksamkeit schenkten als ihren eigenen Beschäftigungen. Die Partie Whist zwischen Cassie, Lady Kilbourne und Mr. und Mrs. Dalton war gänzlich zum Erliegen gekommen und selbst Mrs. Thistlewaite hatte ihre Handarbeit sinken lassen.

»Entschuldigen Sie uns für einen Augenblick«, sagte Malcolm und zog Selina durch die Flügeltür, durch die Julia und Henry den Salon ein paar Minuten zuvor verlassen hatten. Auf der Terrasse erwartete sie der Anblick von Julia und Henry, die sich kaum drei Meter entfernt leidenschaftlich umarmten.

»Was sagten Sie?«, fragte Selina Malcolm leise, um das sich küssende Paar nicht zu stören.

Malcolm schüttelte ungläubig den Kopf. »Dieser Frau werde ich nie wieder ein Wort glauben. Ich frage mich, ob Ossory weiß, auf was er sich einlässt.«

Selina warf noch einen Blick auf das Paar. »Es scheint ihn nicht zu stören.«

Sie wollte in den Salon zurückkehren, doch Malcolm hielt sie am Arm zurück. »Warten Sie«, flüsterte er. »Warum machen wir nicht einen Spaziergang durch die Gärten? Auf unsere Freunde scheinen sie eine positive Wirkung gehabt zu haben.«

»Vielen Dank für das Angebot, aber Sie vergessen, dass wir nur zum Schein verlobt sind. Und Sie sollten auf Ihren Ruf achten!« Mit diesen Worten befreite Selina sich aus seiner Umklammerung und kehrte durch die Flügeltür in den Salon zurück. Doch Malcolm stellte erleichtert fest, dass sie lächelte.

»Nein, ich habe nicht vergessen, dass wir nicht ernsthaft verlobt sind. Das wollte ich ja gerade ändern«, sagte Malcolm laut mit Blick auf die Tür. Er drehte sich wieder zu Julia und Henry um, fest entschlossen, ihr Rendezvous zu unterbrechen. Es war unfair, dass sie sich so eng umschlangen, während er allein hier draußen auf der Terrasse stand. Er näherte sich ihnen und räusperte sich vernehmlich.

Julia und Henry sprangen jedoch nicht schuldbewusst auseinander, wie es in den besten Romanen üblich ist, sondern nur lange genug, um zur Kenntnis zu nehmen, dass Malcolm sie beobachtete. Malcolm hoffte, dass Julia errötete, doch im Mondlicht konnte er es nicht erkennen.

»Jeremy, alter Knabe«, sagte Henry. »Ich habe dich und Miss Dalton herauskommen sehen, hatte aber gehofft, du würdest unseren Wunsch nach Ungestörtheit erkennen.«

»Henry, ich muss dich warnen, dass die Frau, die du da in den Armen hältst, ein verlogenes, betrügerisches Luder ist«, sagte Malcolm laut und deutlich.

Julia keuchte auf und sah Henry um Unterstützung heischend an. »Das ist mir durchaus bewusst, mein Freund«, erklärte Henry, »ich danke dir trotzdem für die Warnung.«

Julia wollte sich aus Henrys Umarmung befreien. »Sie, Sie heimtückischer Schurke, Sie Halunke, Sie ...

»Still«, sagte Henry und ignorierte Julias Bemühungen, sich zu befreien. »Sie haben mich nicht ausreden lassen. Ich wollte ihm gerade sagen, dass ich vorhabe, Ihre üblen Angewohnheiten für den Rest meines Lebens in Schach zu halten.«

Malcolm verstand nicht, wie man diese Aussage als Kompliment auffassen konnte, doch sie schien zu wirken, denn Julia machte keine Anstalten mehr, sich aus Henrys Umarmung zu lösen. »Ist das Ihre ehrliche Absicht?«, fragte sie.

»In der Tat«, erwiderte Henry. »Tatsächlich freue ich mich sogar darauf.«

»Oh, Henry!«, rief Julia aus und blickte bewundernd zu ihm auf.

Da Henry offensichtlich zu einem weiteren Kuss ansetzen wollte, gab Malcolm den Versuch der Konversation auf und kehrte in den Salon zurück.

Sofort nachdem sie Malcolm auf der Terrasse zurückgelassen hatte, zog sich Selina in ihr Zimmer zurück, so gut gelaunt, wie schon lange nicht mehr. Sie freute sich natürlich für ihre Freundin Julia, doch noch mehr freute sie sich darüber, dass Malcolm eifersüchtig war. Sie bezweifelte, dass er so wütend auf Henry gewesen wäre, wenn er nicht ein *wenig* in sie verliebt wäre. Zum ersten Mal seit dem schrecklichen Maskenball erlaubte sie sich einen optimistischen Blick auf die Zukunft. Sie legte sich auf ihr Bett, blickte zur Decke hinauf und sagte laut: »Mrs. Selina Malcolm, Mrs. Jeremy Malcolm«, und lachte über ihre eigene Albernheit. Bei dem Gedanken an weitere Küsse von Malcolm erschauderte sie und dachte darüber nach, dass sie mehr davon hätte genießen können, wenn sie sein Angebot, im Garten spazieren zu gehen, nicht abgelehnt hätte. Ihre Fantasie führte sie zum Altar und darüber hinaus, doch keiner ihrer Gedanken galt Mr. Malcolms Anwesen oder seinem Reichtum. Nein, es war der Mann selbst, von dem sie träumte, und auch wenn einige dieser Träume sie erröten ließen und Schmetterlinge in ihrem Bauch flatterten, wer konnte ihr schon ihre Träume verübeln?

Nachdem sie einige Zeit vor sich hin geträumt hatte, klopfte es an der Tür und Julia kam herein, um ihr alles über ihre Brautwerbung und Verlobung zu erzählen. Die beiden jungen Frauen waren noch lange wach, flüsterten, kicherten und stritten, welcher ihrer Verehrer der Würdigere war.

Als Selina am nächsten Morgen erwachte und sich schnell ihr dunkelgrünes Gewand anzog, um mit Malcolm auszureiten, war sie immer noch gut gelaunt. Sie ging zu den anderen in den Frühstücksraum und tat so, als würde sie nicht bemerken, dass die meisten ihrer Tischnachbarn sie und Malcolm beobachteten, als wären sie Tiere in einer Menagerie.

Später, während ihres Ausritts, fragte sie Malcolm, ob er jemandem erzählt habe, dass ihre Verlobung nur vorgetäuscht war.

»Nur meiner Mutter«, antwortete er. »Warum? Haben Sie es jemandem anvertraut?«

»Nur Julia. Aber beim Frühstück kam es mir so vor, als könnten es einige der anderen auch wissen.«

»Ehrlich? Wie kommen Sie darauf?«, fragte Malcolm, obwohl er derselben Meinung war.

»Sie haben uns so auffällig unauffällig beobachtet«, entgegnete Selina und zuckte mit den Schultern. »Aber das bilde ich mir wahrscheinlich nur ein.«

»Da bin ich mir sicher«, sagte Malcolm, besorgt, dass sie sich weigern könnte, den Schein bis zum Ende ihres Aufenthaltes zu wahren. Er stellte sie jedem, den er an diesem Morgen sah, als »Miss Selina Dalton, meine zukünftige Ehefrau« vor. Als er deswegen sogar einen vorbeikommenden Bauern anhielt, protestierte Selina.

»Malcolm, diesem Mann ist es gewiss egal, dass ich Ihre Verlobte bin. Er gehört nicht zu Ihren Pächtern. Ich glaube, er ist noch nicht einmal aus dieser Gegend«, sagte sie, nachdem der Bauer weitergefahren war.

»Das ist wahr. Ich dachte, ich hätte ihn erkannt, aber offensichtlich habe ich ihn mit jemandem verwechselt.«

Selina lächelte nur und schüttelte den Kopf. Sie musste zugeben, dass es ihr gefiel, wenn Malcolm sie vorstellte. Fast so, als wäre er stolz, dass sie seine zukünftige Frau war, vorgetäuscht oder nicht.

Malcolm war stolz auf Selina. Sie war so schön, so freundlich, so damenhaft, dass er sehr froh war, sie den Leuten als seine zukünftige Braut vorstellen zu können. Und er wollte unbedingt dafür sorgen, dass die Verbindung in ihrem Kopf genauso real wurde wie in seinem. Die drei Tage waren bereits zur Hälfte vorbei, er hatte also keine Zeit zu verlieren. Als er ihr vom Pferd helfen wollte, hätte er ihr fast seine Gefühle gestanden. Mit einem süßen Lächeln auf den Lippen blickte sie zu ihm hinunter. Er hatte ihre Taille umfasst und verspürte den überwältigenden Wunsch, sie in seine Arme zu ziehen, einen Wunsch, den er in ihren Augen widergespiegelt zu sehen glaubte. Er war im Begriff, ihm nachzugeben, als ein Stallbursche auftauchte und er gezwungen war, sie loszulassen. Die Unterbrechung schien sie ebenso zu enttäuschen wie ihn. Doch ihm blieb keine andere Wahl, als sie ins Haus zu begleiten.

Malcolm vermutete zurecht, dass Selina über die Unterbrechung enttäuscht war. Sie hatte geglaubt, sie würde sogleich ausgiebig geküsst werden und war irritiert, dass sie immer zu den unpassendsten Zeitpunkten unterbrochen wurden. Sie kehrte auf ihr Zimmer zurück, um sich ein Nachmittagskleid anzuziehen, und stand eine ganze Weile vor dem Kleiderschrank und überlegte, welches Kleid Malcolm dazu bringen würde, ihr seine unsterbliche Liebe zu gestehen.

Selina stand immer noch in ihrer Reitkleidung vor dem Schrank, als es an der Tür klopfte. »Herein«, rief sie abwesend, den Blick immer noch auf ihre Kleider gerichtet. Sie glaubte, es sei Mary, die ihr beim Anziehen helfen wollte. Sie drehte sich noch nicht einmal um und war deshalb völlig überrascht, als Cassie sagte: »Miss Dalton, Sie müssen sofort mitkommen.«

»Was?« Sie drehte sich um und sah ihn an. Er wirkte sehr aufgeregt und rang besorgt die Hände. »Stimmt etwas nicht?«

»So ist es. Ich habe nicht die Zeit, Ihnen alles zu erklären. Wir müssen sofort zu den Ställen.« Er legte ihr eine Hand an den Ellenbogen und führte sie aus dem Zimmer und die Treppe hinunter. Cassie war wesentlich größer als Selina und die langen Röcke ihres Gewandes behinderten sie, sodass sie nicht auf die Idee kam, ihn genauer zu befragen. Stattdessen konzentrierte sie sich darauf, nicht zu stolpern und sich womöglich das Genick zu brechen. »Cassie, würden Sie bitte aufhören, mich zu schubsen? Sonst stürze ich gleich kopfüber die Treppe hinunter«, sagte Selina verzweifelt.

»Wir müssen uns beeilen«, antwortete er und führte sie durch die Eingangshalle und die Treppe hinunter. Unten stand ein offener Zweispänner, und ein Stallbursche hielt die Pferde.

»Warum müssen wir uns denn beeilen? Sie haben mir gar nicht gesagt, was los ist. Ist eines der Pferde krank?« Selina wusste, dass Cassie sich im Allgemeinen mehr um Pferde als um Menschen sorgte, allerdings wusste sie nicht, wie sie dabei hätte helfen können.

»Nein, es ist viel schlimmer. Julia ist davongelaufen.«

»Was soll das heißen: davongelaufen? Wo sollte sie denn hinwollen?«

»Ich weiß nicht. Wahrscheinlich ist es wieder einer ihrer Pläne. Aber wenn wir sie nicht bald zurückholen, sind ihre Chancen bei Mr. Ossory ruiniert. Er hält nicht viel von ihren Intrigen.« Während Cassie sprach, drängte er Selina in den offenen Zweispänner. Sie hatte keine Lust, irgendwohin zu fahren und erst recht nicht auf eine wilde Verfolgungsjagd auf der Suche nach Julia, aber ihr Protest wurde ignoriert, und ehe sie es sich versah, lenkte Cassie die Pferde die Einfahrt hinunter auf die Hauptstraße.

»Wo fahren wir denn hin, wenn Sie gar nicht wissen, wo Julia ist?«

»Zu einem Gasthaus in Tunbridge Wells. Sie hat es gestern Abend erwähnt. Wahrscheinlich ist sie dorthin gegangen.«

»Aber warum? Als wir gestern Abend miteinander gesprochen haben, hat sie nichts dergleichen erzählt. Warum sollte sie allein davonlaufen und ihren Ruf riskieren, wenn sie so kurz davor ist, sich mit Mr. Ossory zu verloben?«

»Warum stellen Sie so viele Fragen?« Cassie blickte mürrisch. »Ich habe Ihnen doch gesagt, dass ich es nicht weiß. Mir ist es noch nie gelungen, herauszufinden, was Julia denkt. Ich weiß nur, dass sie ständig dumme Pläne ausheckt, um mir das Leben schwer zu machen.«

Dem konnte Selina nicht widersprechen, aber sie

fand es trotzdem seltsam, dass Julia in ihrem Gespräch am gestrigen Abend nichts dergleichen angedeutet hatte. Doch Cassie war offensichtlich nicht in der Stimmung zu reden, also befragte sie ihn nicht weiter. Ihr fiel indessen auf, dass er nicht den Weg nach Turnbridge Wells eingeschlagen hatte. Er fuhr in Richtung London.

»Cassie, Sie haben den falschen Weg genommen«, sagte sie.

»Wie? Nein, das glaube ich nicht. Warum schauen Sie sich nicht die hübschen Blumen an?«

»Sie fahren ganz sicher in die falsche Richtung. Diese Straße führt nach London. Nach Tunbridge Wells hätten Sie dort abbiegen müssen. Ich habe den Wegweiser gesehen.«

»Ich weiß, wohin ich fahre. Sehen Sie doch, ein hübscher Rosenstrauch«, sagte er und zeigte auf einen Rhododendron.

Selina war über alle Maßen frustriert. Sie fragte sich, warum sie sich von diesem Unhold hatte überreden lassen, mit ihm irgendwohin zu fahren. Sie griff ihm in die Zügel und zog, so fest sie konnte.

»Selina!«, schrie Cassie, als die Pferde sich erschrocken aufbäumten. »Wollen Sie uns umbringen? Lassen Sie das.« Selina wusste, dass das ihre einzige Chance war, zu entkommen. Der Boden kam ihr schrecklich weit entfernt vor, doch das war London auch, und sie hatte nicht die Absicht, stundenlang mit Cassie dorthin zu fahren. Bevor die Pferde ihr Tempo wieder aufnehmen konnten, stand sie auf und bereitete sich darauf vor zu springen.

»Was tun Sie denn da?«, rief Cassie, brachte die Pferde mit einer Hand zum Stehen und packte mit der anderen Selinas Kleid. Sie war erleichtert, dass sie nicht aus der fahrenden Kutsche springen musste. Doch jetzt, im Stehen, wirkte der Boden noch weiter entfernt.

»Ich werde nicht mit Ihnen nach London fahren, Cassie. Erklären Sie mir bitte, was das alles soll.«

Cassie seufzte und fuhr sich mit der Hand durch das bereits gründlich zerzauste Haar. »Frauen!«, sagte er verärgert. »Nie tun sie, was man ihnen sagt.«

»Soweit ich mich erinnere, haben Sie mir ja überhaupt nichts *gesagt«*, erwiderte Selina und setzte sich wieder hin.

»Verstehen Sie nicht, dass es nur zu Ihrem Besten ist? Ich habe eine Nachricht hinterlassen. Die anderen glauben, dass wir durchgebrannt sind. Ich habe ihnen geschrieben, da Malcolm nicht bereit sei, Sie zu heiraten, würde ich es tun.«

»Sie haben *was* getan?«, fragte Selina ungläubig. »Warum?«

»Julia erzählte mir, die Verlobung sei nur eine Farce. Ich dachte, Malcolm bräuchte etwas Hilfe, um das

Richtige zu tun. Jetzt, wo er weiß, dass Ossory an Julia interessiert ist, brauchten Sie jemanden, der Malcolm eifersüchtig macht. Ich war nur zu gern bereit, Ihnen zu helfen.«

»Wissen Julia und Henry davon oder war es allein Ihre Idee?«

»Es war allein meine Idee«, antwortete Cassie selbstgefällig.

»Nun, ich weiß Ihre Besorgnis zu schätzen, aber ich glaube, eine Entführung am helllichten Tag wird Malcolm kaum dazu bringen, mir einen Antrag zu machen. Wahrscheinlich wird er glauben, dass es ein weiterer Versuch ist, ihn zu täuschen, was dazu führen wird, dass er mir erneut misstraut.«

»Zum Kuckuck, daran habe ich nicht gedacht.«

»Noch ist ja nichts passiert. Warum drehen wir nicht einfach um und fahren zurück?«, fragte Selina.

Cassie wirkte ein wenig enttäuscht über diesen Vorschlag. Er hatte gedacht, eine Flucht, selbst wenn sie nur vorgetäuscht war, wäre ein verwegenes Abenteuer. Er hatte keine Lust, kleinlaut nach Hadley Hall zurückzukehren und den Nachmittag Tee trinkend im Salon zu verbringen. Er war ein Mann der Tat.

Selina, die seine Enttäuschung bemerkte, sagte: »Vielleicht könnten Sie mir auf dem Heimweg zeigen, wie man den Zweispänner fährt.«

Bei diesem Vorschlag wurde Cassie ein wenig munterer. Er konnte sich vorstellen, wie er die Auffahrt nach Hadley Hall hinauffuhr, die Arme um Selina gelegt, während sie die Zügel hielt. Malcolm würde es bemerken müssen. »In Ordnung. Sie müssen mir gut zuhören. Sonst werden Sie am Ende noch jemanden umbringen. Die erste Lektion ist, niemals am Zügel zu reißen, wenn jemand anderes fährt«, erklärte er und zerbrach sich den Kopf darüber, wie es ihm gelingen könnte, dass Malcolm sie zusammen sah.

KAPITEL 17

Cassie konnte sein Glück kaum fassen. Wie der Zufall es wollte, verließ Malcolm gerade das Haus, als Cassie und Selina die Auffahrt hinauffuhren. Selina war im Unterricht so weit fortgeschritten, dass sie die Zügel ohne Cassies Hilfe halten konnte, aber als er Malcolm in der Ferne erblickte, schlang Cassie sofort die Arme um Selina und legte seine Hände auf ihre.

Cassies plötzliche Bewegung erschreckte Selina. Sie wand sich und versuchte, Abstand zwischen sich und ihn zu bringen. »Was soll denn das?«, fragte sie und blickte ihn an.

»Ach, nichts«, sagte Cassie, der zu Malcolm sah, um dessen Reaktion zu sehen. »Fahren Sie einfach weiter.«

»Ich kann nicht fahren, wenn Sie sich so unerwartet auf mich werfen. Sie ziehen die Pferde in die falsche Richtung. Cassie!«, schrie sie, als sie erkannte, dass sie direkt auf den See zusteuerten.

Bei Selinas Schrei wandte Cassie sich um und riss dabei an den Zügeln. Im letzten Moment gelang es ihm, die Pferde zu wenden, sodass die Kutsche nicht ins Wasser fuhr, doch das Rad versank im feuchten Boden am Seeufer, die Kutsche kippte zur Seite und Selina und Cassie wurden in das trübe Wasser geschleudert.

Der See war nicht tief, und sie waren nicht sehr schnell gefahren, deshalb verletzte Selina sich nicht, doch sie war schockiert, als sie sich plötzlich im Wasser wiederfand. Sie war an einer schlammigen Stelle gelandet, und ihr langer Rock behinderte sie. Als sie aufstehen wollte, stolperte sie und landete rückwärts auf dem Po. Cassie war kaum einen halben Meter entfernt, und sie erkannte, dass sie über sein Bein gestolpert war. Er hatte bislang keine Anstalten gemacht, sich zu bewegen; offenbar hatte er sich noch nicht von dem Schock erholt, sich im See wiederzufinden. Bevor sie ein zweites Mal versuchen konnte aufzustehen, erschien Malcolm auf der Bildfläche.

Einen Moment beobachtete er sie schweigend und mit ernstem Blick. »Ist dies so etwas wie ein bizarres Paarungsritual von Ihnen, Selina?«, fragte er.

»Das ist überhaupt nicht lustig«, antwortete Selina und versuchte erneut aufzustehen.

»Ich wollte nicht scherzen. Ich bin ganz und gar nicht in der Stimmung für Scherze, nachdem ich herausgefunden habe, dass meine Verlobte mit einem anderen durchgebrannt ist.«

Selina erstarrte und blickte Malcolm ungläubig an.

»Sie können nicht ernsthaft glauben, ich würde mit Cassie durchbrennen?«

Cassie ärgerte sich über ihren Tonfall. »Es gibt keinen Grund, beleidigend zu werden. Viele junge Damen würden die Gelegenheit beim Schopf ergreifen«, murmelte er, wurde aber sowohl von Selina als auch Malcolm ignoriert.

»Ich muss zugeben, dass ich es zuerst für weit hergeholt hielt, doch als ich sah, wie Sie praktisch in seinen Armen vorfuhren, was sollte ich da denken?«

»Genau!« Cassie grinste über den Erfolg seiner Intrige, wurde aber erneut ignoriert.

»Dass Ihr verwirrter Freund mich entführt hat und mich in den See werfen wollte«, antwortete Selina.

»Zumindest das Letzte war nicht Teil des Plans«, sagte Cassie.

»Oh, bitte, seien Sie beide ruhig und helfen Sie mir aus diesem See.«

Sofort bekam Malcolm Gewissensbisse. Er hatte natürlich nicht geglaubt, dass Selina mit Cassie durchgebrannt war – die Vorstellung war lächerlich –, aber als er *seine* Frau in den Armen eines anderen erblickt hatte, konnte er einen Anflug von Eifersucht nicht unterdrücken. Er wusste, dass er sich ohne jeden Zweifel wie ein Höhlenmensch verhielt, konnte sich jedoch nicht zurückhalten. Wenn Selina nicht zeitnah in die Heirat einwilligte, würde er sich bestimmt bald mit

Grunzlauten verständigen und jeden Mann, der in ihre Richtung blickte, mit einer Keule verdreschen.

Er trat so nah wie möglich an das Wasser heran, und streckte die Hand nach Selina aus. Er war so damit beschäftigt, sich selbst für seine mangelnde Ritterlichkeit zu schelten, dass ihm ihr freches Grinsen und das schelmische Blitzen in ihren Augen entging, bevor sie ihn zu sich zog.

Schockiert fand Malcolm sich auf Händen und Knien im kalten Wasser wieder, Selinas lachendes Gesicht nur Zentimeter von seinem entfernt. »Sie kleiner Frechdachs!«, rief er und griff mit schlammigen Händen nach ihr.

Selina schrie auf, aber Malcolm spritzte ihr lediglich etwas Wasser ins Gesicht und gab vor, sie unter Wasser ziehen zu wollen. Als er bemerkte, dass auch Cassie über ihn lachte, bespritzte Malcolm ihn zur Sicherheit ebenfalls. Schon bald lieferten sich die drei eine regelrechte Wasserschlacht und Selina kicherte und kreischte, ohne zu bemerken, dass sie ein Publikum angezogen hatten.

Erst als Lady Kilbourne ganz ruhig sagte: »Wie ich sehe, brauchen wir wohl noch mehr Handtücher«, unterbrachen sie ihr Treiben und blickten auf.

Lady Kilbourne stand am Ufer des Sees, zusammen mit Mr. und Mrs. Dalton, Julia und Henry. Sie beobachteten die drei im Wasser und auf ihren Mienen spiegelte sich zum Teil Belustigung und zum Teil Bestürzung wider. Wieder war es Lady Kilbourne, die das Schweigen brach und fragte: »Ich weiß, Jeremy, dass du und Selina verlobt seid, aber wer wird nun Cassies Ruf retten?«

Selina machte sich schnell frisch und stieg die Treppe hinunter, um sich zu den anderen zu gesellen. Am Fuß der Treppe wurde sie von Malcolm empfangen, der ihr erzählte, dass Cassies Nachricht direkt an ihn gegangen war, niemand sonst von der gescheiterten Entführung wusste und dass sie einfach sagen sollten, dass Cassie Selina eine Fahrstunde gegeben hatte, als der Unfall geschah, durch den sie in den See gestürzt waren.

»Hat Cassie Ihnen gesagt, warum er mit mir durchbrennen wollte?«, fragte Selina ein wenig ängstlich. Sie wollte nicht, dass Malcolm erfuhr, dass es eine weitere List war, um ihn zur Heirat zu bewegen.

»Er wurde natürlich von Ihrer Schönheit überwältigt. Welchen anderen Grund könnte es schon geben?«, antwortete Malcolm leichthin.

Selina dachte, dass er die wahre Ursache herausgefunden haben musste, doch es schien ihn nicht zu stören. Es wirkte, als würde er ihr nun endlich vertrauen.

Bevor Malcolm noch etwas sagen konnte, wurden sie unterbrochen und so gesellten sie sich zu den anderen, um zu Mittag zu essen.

Danach versammelte sich die gesamte Gesellschaft im Salon und Malcolm entschied, dass es an der Zeit sei, etwas zu unternehmen. Er wandte sich an Selina und fragte, ob sie Lust zu einem Spaziergang durch die Gärten hätte. Überrascht stellte er fest, dass seine Mutter vehement den Kopf schüttelte, während Selina zustimmend nickte.

Als er sich bei Selina entschuldigte, um mit seiner Mutter zu sprechen, hörte er Mrs. Thistlewaite sagen: »Selina, meine Liebe, im Hinblick auf die unglücklichen Vorfälle solltest du dich vielleicht besser von Gewässern fernhalten. Du weißt es natürlich am besten, aber pass auf, dass du ihnen nicht zu nahe kommst.«

Selinas Antwort verstand er nicht, denn er war bei seiner Mutter angekommen und sie hatte zu sprechen begonnen, doch er hörte ein hastig unterdrücktes Kichern von Julia.

»Jeremy, mein Lieber, was hast du vor?«, fragte Lady Kilbourne.

»Ich werde Selina einen Antrag machen. Diesmal richtig.«

Lady Kilbourne wirkte bestürzt. »Ich fürchte, das hast du dir nicht gut überlegt, Jeremy. Du kannst nicht einfach mit Selina auf die Terrasse gehen und sie damit überrumpeln, schon gar nicht nach all dem, was geschehen ist. Du brauchst eine große Geste, eine romantische Tat, die ihr zeigt, wie sehr du sie liebst.« Lady Kilbourne hielt inne und legte sich einen Finger an das Kinn. »Du könntest vielleicht ein Lied komponieren«, schlug sie schließlich vor.

»Mutter, ich komponiere kein Lied, und ich werde keine Zeit mehr mit ausgeklügelten Strategien verschwenden, wenn das Mädchen, das ich liebe, übermorgen mein Haus verlässt und ich damit vielleicht meine letzte Chance ziehen lasse. Ich weiß zu schätzen, was du bisher für mich getan hast, aber von nun an schaffe ich es allein.«

»Ich muss zugeben, dass mich deine Fähigkeiten in Bezug auf Brautwerbung bisher nicht besonders überzeugt haben, aber wenn du meinst, dies sei der beste Weg, musst du wohl deinem Instinkt vertrauen.«

»Vielen Dank für deine Ermutigung«, gab Malcolm zurück und ging.

Während Malcolm sich leise mit seiner Mutter unterhalten hatte, war Mrs. Dalton am anderen Ende des Salons an Selina herangetreten.

»Selina, ich muss dir etwas sagen, bevor du mit Mr. Malcolm spazieren gehst«, sagte sie.

»Ja, Mama?«

Mrs. Dalton wirkte ein wenig besorgt. »Also, Liebes, ich weiß, dass du und Mr. Malcolm behauptet, verlobt zu sein, aber Lady Kilbourne hat mir anvertraut, dass es in Wirklichkeit nur vorgetäuscht ist und du seinen Antrag abgelehnt hast. Sei nicht böse auf sie«, sagte Mrs. Dalton, als Selina etwas erwidern wollte, »sie war der Meinung, ich sollte es wissen, und ich finde, damit hat sie recht. Ich habe mich mehr darüber gewundert, dass du es mir nicht selbst gesagt hast.« Mrs. Dalton hob die Hand, als Selina wieder etwas sagen wollte. »Ist schon gut; dein Vater und ich haben es besprochen, und wir glauben, dass du uns nicht beunruhigen wolltest.«

»›Dein Vater‹!«, wiederholte Selina, endlich in der Lage, eine Bemerkung zu machen. »Er weiß es also auch?«

»Ich konnte ihm diese Information ja schlecht vorenthalten. Du hättest dabei vielleicht kein schlechtes Gewissen gehabt, aber … jedenfalls«, fuhr Mrs. Dalton fort, da sie Selinas Ungeduld bemerkte, »wollte ich dir raten, Mr. Malcolms Antrag anzunehmen, falls er dich noch einmal fragt. Ich weiß, dass du ihn verehrst, deshalb verstehe ich auch nicht ganz, warum du seinen ersten Antrag nicht angenommen hast. Mir ist klar, dass einige Damen es für schick halten, den ersten Antrag abzulehnen, aber von dir hätte ich ein derartiges Verhalten nicht erwartet. Und wenn du diesen Antrag ablehnst, wird es vielleicht keinen weiteren geben.«

»Diesmal werde ich ihn ganz bestimmt annehmen, Mama, mach dir bitte keine Sorgen«, sagte Selina.

»Wunderbar!«, rief Mrs. Dalton. »Dann bleibt mir nichts mehr zu sagen, als dass ich hoffe, dass du den Spaziergang genießt, doch was du auch tust, lass dich von Mr. Malcolm nicht ins Wasser locken.«

Leider kam Malcolm genau in diesem Augenblick zurück und hörte Mrs. Daltons letzte Bemerkung, doch er hielt sich mannhaft zurück und ging nicht darauf ein. Mit versteinerter Miene wandte er sich an Selina und bot ihr seinen Arm an. »Gehen wir?«

Sie wollten gerade den Salon verlassen, als Cassie sie mit den Worten überraschte: »Beim Jupiter, was für ein schöner Tag für einen Spaziergang. Ich glaube, ich werde euch begleiten.«

Malcolm drehte sich um und blickte seinen Freund durchdringend an. »Du bist nicht eingeladen.«

Cassie freute sich über den Erfolg seiner Strategie. Ganz offensichtlich war Malcolm von Eifersucht zerfressen. Aber Cassie fand, dass er noch ein wenig mehr Ermutigung brauchte. »Ich wage zu behaupten, dass ich spazieren gehen kann, wann ich möchte. Dies ist kein Ball; also brauche ich auch keine offizielle Einladung. Was zwinkerst du denn so, Malcolm, hast du etwas im Auge?«

Bevor er etwas erwidern konnte, kam Malcolm zu seiner Überraschung Julia zu Hilfe. »Cassie, bitte sei still. Selina und Malcolm möchten offensichtlich ungestört sein.« Bevor Malcolm sich bei ihr für ihre freundliche Einmischung bedanken konnte, erhob sie sich von ihrem Platz neben Henry, ging zu Malcolm hinüber und sagte in einer für Selina gut hörbaren Nebenbemerkung: »Wenn Sie Selina weglocken wollen, um ihr einen Heiratsantrag zu machen, bin ich es ihr als Freundin schuldig, sie vor Ihren weniger vorteilhaften Qualitäten zu warnen, wie Sie es gestern Abend für Henry getan haben.«

Malcolm war am Ende seiner Geduld. Mit kontrollierter Stimme, die seine Frustration dennoch erkennen ließ, verkündete er den Anwesenden: »Würden Sie mich bitte einen Moment entschuldigen, damit ich meiner Verlobten einen Antrag machen kann?«

Die kurze Stille, die auf Malcolms schmerzliches Flehen folgte, wurde durch eine neue Stimme unterbrochen. »Wenn die Dame deine Verlobte ist, solltest du dieses spezielle Vorhaben bereits erledigt haben.«

Auf der Schwelle des Salons stand ein eleganter grauhaariger Mann.

»Lord Kilbourne«, sagte Lady Kilbourne, »was für eine höchst angenehme Überraschung.«

Lord Kilbourne ging auf seine Frau zu und hob ihre Hand an die Lippen. »Meine Liebe, ich hatte gehofft, dass es so sein würde.«

»Hast du Robert und meine ach so *charmante* Schwiegertochter mitgebracht?«, fragte Lady Kilbourne.

»Nein, habe ich nicht«, sagte ihr Mann.

»Du bist der aufmerksamste aller Ehemänner«, erwiderte Lady Kilbourne.

Natürlich konnten Malcolm und Selina nicht zu einem Spaziergang aufbrechen, wenn Malcolms Vater soeben angekommen war, also biss Malcolm die Zähne zusammen und stellte sie einander vor.

»Von Natur aus bin ich ja nicht abergläubisch«, flüsterte Malcolm Selina nach der Vorstellung zu, »aber langsam frage ich mich, ob sich das Schicksal gegen uns verschworen hat.«

»Ich glaube, das Problem sind weniger die, die sich gegen uns verschworen haben, als die, die sich für uns verschworen haben«, flüsterte Selina zurück und Malcolm lachte.

Selina war nicht allzu enttäuscht von den Ereignissen des Nachmittags. Sie hätte natürlich lieber etwas mehr Zeit allein mit Malcolm verbracht, doch da er in aller Öffentlichkeit verkündet hatte, ihr einen Heiratsantrag machen zu wollen, bezweifelte sie nicht, dass ihre Scheinverlobung zu einer echten geworden war. Und da Malcolm ihre Hand hielt und nicht von ihrer Seite wich, war sie so zufrieden, wie man nur sein konnte, wenn man noch keine offizielle Erklärung über die Absichten des Geliebten gehört hatte.

KAPITEL 18

Erst nach dem Abendessen konnten Selina und Malcolm ein wenig Privatsphäre genießen. Malcolm begleitete Selina durch die Flügeltüren auf die Terrasse, ohne dass jemand etwas dagegen einzuwenden gehabt hätte.

»Sie werden feststellen, ich habe nicht vorgeschlagen, dass wir zum See, einem Teich, in den Wintergarten oder an einen anderen Ort, an dem es Wasser gäbe, gehen«, sagte Malcolm.

Selina kicherte, konnte aber nichts entgegnen, da sie von Schüchternheit übermannt wurde. Sie konnte noch nicht einmal Malcolms Blick erwidern, sondern stand stumm da, den Kopf gesenkt, und nestelte nervös an einem Band an ihrem Kleid herum.

»Selina«, sagte Malcolm, legte ihr den Finger unter das Kinn und hob ihr Gesicht, damit sie ihn ansah. »Ich möchte Ihnen erklären, warum ich Sie so erbärmlich behandelt habe, als ich Julias Intrige aufdeckte.« Er lachte ein wenig nervös. »Eigentlich würde ich viel lieber etwas anderes tun, vor allem, wenn Sie so nah bei mir stehen, aber Sie haben eine Erklärung verdient.«

»Ich glaube, ich verstehe, was Sie meinen.« Selina hob die Hand, um sein Gesicht zu berühren. »Es ist nicht leicht, jemandem zu vertrauen, wenn man so lange und so oft betrogen worden ist.«

»Das stimmt, aber das ist nicht alles. Um ehrlich zu sein, war ich erleichtert, einen Vorwand zu finden, um Sie zu diskreditieren, so seltsam das auch erscheinen mag. Es verursacht ein gewisses Gefühl der … Unsicherheit, wenn man jemanden liebt. Ich habe mich selbst so lange vor dieser Art der Verwundbarkeit geschützt, dass ich in Panik geraten bin, nachdem ich Sie so nah an mich herangelassen hatte. Und als ich dann eine Möglichkeit fand, Sie wegzustoßen, habe ich sie beim Schopf gepackt. Es fiel mir leichter zu glauben, Sie seien wie alle anderen, als Ihnen zu erlauben, mein Leben durcheinanderzubringen. Es war meine Mutter, die mir schließlich erklärte, dass dies zur Liebe dazugehört und Teil ihres Charmes ist.«

»Sie sagen das, als handele es sich um eine Darmerkrankung oder einen Kutschenunfall«, bemerkte Selina.

Malcolm schüttelte den Kopf. »Und meine Mutter wirft *mir* vor, ich sei unromantisch. Bitte denken Sie daran, dass nicht ich es war, der eine Darmerkrankung mitten in einem Heiratsantrag erwähnt hat.«

»Oh, Sie müssen mir keinen Antrag machen. Nachdem ich gehört habe, wie Sie mich zum zehnten Mal als Ihre zukünftige Braut vorgestellt haben, zweifelte ich nicht mehr an der Wahrheit.«

»Dann ist wenigstens diese Strategie aufgegangen, ja?«

»Strategie?«, Selina wich einen Schritt zurück, die Hände in die Hüften gestemmt. »Jetzt wundert mich nicht mehr, dass Sie mir alle Arten von Verrat zutrauen, wo Sie doch offensichtlich selbst eine ganze Reihe von Intrigen geschmiedet haben. Falsche Verlobungen, Lügen und Täuschungen, Tricks mit Ihrem Taschentuch.«

»Ich muss zugeben, dass mir der letztgenannte am meisten Spaß gemacht hat. Schade, dass ich gerade kein nasses Taschentuch zur Hand habe«, sagte Malcolm mit einem sündigen Lächeln, bevor er sie in eine Umarmung zog, die bewies, dass Täuschungen nun nicht mehr notwendig waren.

»Selina«, sagte er ein paar Minuten später, »Sie haben mich abgelenkt. Ich wollte Ihnen doch einen Antrag machen.«

»Ich habe Ihnen doch gesagt, dass das gar nicht nötig ist. Die Hochzeit ist bereits geplant. Ich kann Sie also genauso gut weiter … ablenken«, schlug Selina vor und zog seinen Kopf wieder zu sich heran.

Malcolm löste ihre Hände von seinem Hals und hielt sie fest. »So verlockend dieser Vorschlag auch ist, ich bestehe darauf, Ihnen einen Antrag machen zu dürfen. Ich möchte nicht, dass Sie mir bei jedem Streit vorwerfen, dass Sie keinen richtigen Antrag bekommen haben.«

»Mein lieber Jeremy, ich hoffe, Sie glauben nicht, dass dies ein angemessener Antrag ist«, sagte Selina, die ihre Hände befreit und sich wieder an ihn geschmiegt hatte.

»Hinfort mit dir, Frau«, sagte Malcolm einige Küsse später. »Ein derartiges Verhalten hätte ich von der Tochter eines Vikars nicht erwartet.« Er taumelte ein paar Schritte zurück und hob abwehrend die Hand, als Selina sich ihm nähern wollte. »Nein, Sie müssen mindestens einen Meter entfernt stehen bleiben. Wenn Sie näherkommen, kann ich nicht mehr für Ihre Sicherheit garantieren.«

Selina blieb einen Meter vor ihm stehen. »Ich höre, Jeremy. Mir ist gerade klar geworden, dass dies vielleicht meine letzte Gelegenheit ist, einen Heiratsantrag zu bekommen, ob angemessen oder nicht.«

Malcolm konnte es nicht ertragen, dass sie so weit weg war, näherte sich ihr und ergriff ihre Hände. »Selina, Sie sind alles, was ich je in einer Frau gesucht habe, alles, was ich mir von einer Frau wünschen kann. *Sie* sind das größte Glück, das diese Welt zu bieten hat, um Johnson falsch zu zitieren. Ich wäre der glücklichste Mann der Welt, wenn Sie mich heiraten würden.«

»Oh, Jeremy, das war wunderschön. Ich bin so froh, dass Sie darauf bestanden haben«, sagte Selina und führte seine Hand an ihre Wange.

»Selina, es ist noch nicht vorbei. Sie müssen ihn noch annehmen.«

»Oh, verzeihen Sie mir. Natürlich werde ich Sie heiraten. Das ist alles, was ich wollte, seit ich Sie das erste Mal auf Mrs. Harringtons Ball in der Bibliothek gesehen habe. Ich bin Ihnen wohl auch eine Erklärung für mein Verhalten schuldig.«

»Aber nicht doch …« setzte Malcolm an, doch Selina unterbrach ihn und legte ihm die Hand auf den Mund.

»Nein, ich möchte das ein für alle Mal klären. Als ich das erste Mal in die Stadt kam und Julia mir vorschlug, mich an ihrem Plan, Sie zu demütigen, zu beteiligen, war ich überhaupt nicht begeistert. Aber ich glaubte fest daran, dass es zu nichts führen würde, also stimmte ich zu. Außerdem ließ Julia mir keine andere Wahl, und ich war sicher, dass ein so anspruchsvoller Gentleman, wie sie ihn beschrieb, ohnehin kein Interesse an mir haben würde. Also habe ich mitgespielt. Doch nachdem ich Ihre Bekanntschaft gemacht hatte, wollte ich nicht länger mitspielen. Julia war sehr unzufrieden mit mir und wollte mich davon überzeugen, dass Sie eine derartige Behandlung verdient hätten. Deshalb versuchte ich es mit einer anderen Methode: Ich wollte bei einer der Anforderungen auf Ihrer Liste versagen und behauptete, überhaupt nicht musikalisch zu sein.«

»Ah. Deshalb haben Sie sich bei der Dinnerparty der Thistlewaites so merkwürdig verhalten«, sagte Mr. Malcolm.

»Es hat natürlich nicht funktioniert, aber bitte glauben Sie mir, dass ich nichts mit Julias Intrige zu tun haben wollte. Als sie darauf bestand, dass ich weitermache, nachdem wir nach Hadley Hall gekommen waren, lehnte ich entschieden ab. Um es vorsichtig auszudrücken, war Julia über meine Weigerung ziemlich verärgert, und schmiedete einen neuen Plan.«

»Etwas Derartiges hatte ich bereits vermutet, Selina, und ich entschuldige mich, dass ich Ihnen je misstraut habe.«

Malcolm wollte sie wieder an sich ziehen, hielt dann aber inne und griff in seine Jackentasche. »Warten Sie, das hätte ich fast vergessen. Ich möchte, dass Sie sie lesen«, sagte er und holte ein Stück Papier hervor.

»Was ist das?«, fragte Selina und warf einen Blick darauf. »O nein, sagen Sie nicht, das ist Ihre berüchtigte Liste.«

»Nein, das ist sie nicht. Es ist eine neue, die ich vor zwei Tagen erstellt habe, als mir klar wurde, was ich mir wirklich von einer Frau wünsche.«

Selina begann zu lesen, schaffte es aber nur bis zum

dritten Punkt, bevor sich ihre Augen mit Tränen füllten. Sie las:

1. *Ist vollkommen unvollkommen.*
2. *Bringt mich zum Lachen.*
3. *Verzeiht mir, dass ich ein fehlgeleiteter Tor bin.*

Nachdem Selina sich wieder gefasst hatte, kehrten sie in den Salon zurück. Malcolm räusperte sich, bat um die Aufmerksamkeit der Anwesenden und verkündete, dass Selina ihm die Ehre erwiesen habe, seinen Antrag anzunehmen. Es gab ein paar gemurmelte Glückwünsche, dann nahmen alle ihre Beschäftigungen wieder auf.

»Haben sie mich nicht gehört?«, fragte Malcolm und blickte Selina ein wenig verwundert an.

»Ja, mein Lieber, wir wissen es. Du bist verlobt. Das hast du uns doch schon vor zwei Tagen gesagt«, erklärte seine Mutter. »Und jetzt setz dich bitte.«

»Nein, diesmal sind wir wirklich verlobt.«

»Du warst auch schon vor zwei Tagen wirklich verlobt, alter Knabe, du hast es nur nicht gemerkt«, sagte Henry. »Aber ich würde gern die Gelegenheit nutzen, um allen mitzuteilen, dass ich bei Mrs. Thistlewaite um die Hand ihrer Tochter angehalten habe, und auch Julia und ich werden heiraten«, verkündete Henry und führte Julias Hand an die Lippen.

Auf diese Ankündigung folgte ein aufgeregtes Stimmengewirr von Glückwünschen, und Malcolm und Selina wurde klar, dass sie bereits passé waren. Trotzdem gratulierten sie ihren Freunden herzlich und Selina umarmte Julia.

»Ich freue mich so für euch«, sagte sie.

»Danke, Selina. Da Henry und ich bei eurer Hochzeit höchstwahrscheinlich die Trauzeugen sind und ihr bei uns, könnten wir doch einfach alle zusammen heiraten. Was meinst du?«, fragte Julia.

Selina sah, wie ihr Verlobter, der hinter Julia stand, energisch den Kopf schüttelte. »Ich bin mir nicht sicher, ob eine Doppelhochzeit eine so gute Idee wäre«, sagte Selina.

»Oh, Selina, jetzt zier dich doch nicht so«, rief Julia.

KAPITEL 19

Natürlich setzte Julia ihren Willen durch, und die Hochzeit wurde etwa zwei Monate später, an einem frühen Herbsttag geplant, und Mr. Dalton sollte die Zeremonie leiten. Julia hatte sich zunächst eine Hochzeit für die höhere Gesellschaft in London gewünscht, und obwohl es Selina und Malcolm nicht gelungen war, konnte Henry sie vom Gegenteil überzeugen.

Gertie war eingeladen, und Selina wollte sie einem einfachen Verwandten von Malcolm vorstellen, den sie erst kürzlich kennengelernt hatte. Selina war sehr erfreut, als sie erfuhr, dass sie nicht die Einzige mit nicht ausschließlich hochehrwürdigen Verwandten war. Sie zog Malcolm gnadenlos damit auf und sagte ihm sogar, dass sie nicht sicher war, ob sie angesichts dieser schockierenden Enthüllung tatsächlich in die Ehe einwilligen sollte.

Lady Kilbourne hörte, dass Selina Malcolm wegen seines Cousins neckte und fügte selbst hinzu. »Ich weiß nicht, warum Jeremy vorgegeben hat, dir in dieser Angelegenheit überlegen zu sein. Einer seiner Onkel wurde mit einem Aufpasser auf ein abgelegenes Anwesen in Cornwall geschickt, weil er ständig betrunken war. Alle Versuche, ihm den Alkoholgenuss abzugewöhnen, schlugen fehl, und als er zu einer Dinnerparty erschien und vergessen hatte, dass er … für den Anlass nicht angemessen gekleidet war, wenn Sie verstehen, was ich meine, gaben wir ihn ganz und gar auf. Er hat sich fröhlich zu Tode gesoffen, auch wenn Lord Kilbourne darauf bestand, dass wir ihn zweimal im Jahr besuchten, bevor er starb. Das war recht unerfreulich, wie ich Ihnen versichern kann. Er war weiblicher Gesellschaft nicht gewöhnt und im Umgang mit mir immer übermäßig liebevoll. Und er bestand darauf, mich Kitty zu nennen, egal wie oft ich ihm erklärte, dass das nicht mein Name sei.«

»Das hast du dir doch ausgedacht!«, sagte Malcolm.

Lady Kilbourne sah überrascht aus. »Aber nein. Er starb, als du vier Jahre alt warst, also kannst du dich natürlich nicht an ihn erinnern. Und er ist nicht die Art von Verwandten, mit der man prahlt.« Lady Kilbourne wandte sich an Selina, die versuchte, ein Kichern zu unterdrücken. »Meine Liebe, noch ist es nicht zu spät, es sich anders zu überlegen. Schließlich haben Sie Ihre zukünftige Schwägerin noch nicht kennengelernt.«

»Ich danke Ihnen für Ihre Besorgnis, Lady Kilbourne, aber ich bin nicht derart wählerisch wie Jeremy.«

»Und das ist auch gut so«, sagte Lady Kilbourne. »Sonst hätten Sie womöglich nicht eingewilligt, ihn zu heiraten.«

Malcolm blickte seine Mutter vorwurfsvoll an. »Bist du endlich fertig damit, meinen Charakter vor den Augen meiner Verlobten in den Schmutz zu ziehen? Oder möchtest du vielleicht noch irgendwelche meiner kindischen Missetaten ausplaudern?«

»Ich bin mir sicher, dass Selina dir tausendmal am Tag sagt, wie wundervoll du bist. Es schadet nicht, ab und an etwas anderes zu hören«, entgegnete Lady Kilbourne.

»Nun, sie hat es mir heute erst etwa neunhundert Mal gesagt, wenn du uns also bitte alleinlassen würdest, ich möchte es nämlich noch öfter hören«, sagte Malcolm zu seiner Mutter und bedeutete ihr, sie solle gehen.

Lady Kilbourne stand auf und erklärte, sie würde Lord Kilbourne suchen gehen, wenn ihre Gesellschaft so unerwünscht sei. »Schließlich hat er mir heute noch kein einziges Mal gesagt, wie wundervoll ich bin«, bemerkte sie auf dem Weg hinaus.

Malcolm wartete kaum, bis sie das Zimmer verlassen hatte, dann zog er Selina in seine Arme und wirbelte sie umher. »Jeremy«, protestierte Selina. »Was machen Sie da?«

Malcolm antwortete nicht, sondern küsste sie, bis sie

völlig atemlos war. »Meine Mutter hatte recht, wissen Sie? Wenn Sie auch nur einen Funken Verstand hätten, würden Sie erkennen, dass Sie eine viel bessere Partie machen könnten. Ich erfülle noch nicht einmal die Anforderungen auf meiner eigenen Liste.«

»Meinen Sie, dass Sie ordinäre Verwandte haben und Sie überhaupt nicht musikalisch sind?«, fragte Selina mit aufgerissenen Augen. »Wir müssen die Hochzeit sofort absagen.«

»Ich würde nicht sagen, dass ich überhaupt kein musikalisches Talent habe.«

»Tja, das behaupten Sie, aber gestern habe ich Sie in der Kirche singen hören.«

»Ich Unglücklicher«, rief Malcolm und umarmte sie noch fester. »Vielleicht hätte ich die Liste besser nicht erwähnen sollen.«

»Nein, es ist gut, dass ich weiß, worauf ich mich einlasse, bevor wir unwiderruflich miteinander verbunden sind. Langsam erkenne ich den Wert Ihrer Listen.« Selina löste sich von Malcolm und blickte nachdenklich.

»Die ganze Sache war eine furchtbare Idee«, räumte Malcolm ein und versuchte, Selina wieder an sich zu ziehen.

»Aber ich würde wirklich gerne wissen, was Sie von den Getreidegesetzen halten«, sagte Selina mit getragener Miene, doch ihre Augen blitzten amüsiert. »Ich erkenne langsam, dass Sie nicht genug Ernsthaftigkeit an den Tag legen, was auf einen unsicheren Charakter hindeutete.«

»Sie haben mit Cassie gesprochen. Wurde eigentlich jede einzelne Dummheit, die ich gesagt oder getan habe, in die Welt hinausposaunt?«

»Vielleicht kann ich mir die Liste ausleihen, die Julia Ihnen gegeben hat, als sie sich für mich ausgab«, sagte Selina und ignorierte Malcolms Bemerkung. »Sie haben nicht zufällig noch eine Kopie davon?«

»Mein liebes Mädchen«, begann Malcolm, der nun grimmig schaute. »Von Listen habe ich nun wirklich genug. Es gibt nur noch eine einzige mit dringenden Aufgaben, und in diesem Augenblick steht eine davon ganz oben. Leider muss sie bis zur Hochzeitsnacht warten.«

Selina lächelte zu Malcolm auf. »Das klingt nach Ihrer bisher interessantesten Liste.«

JEREMY MALCOLMS ANFORDERUNGEN AN EINE EHEFRAU

1. Liebenswürdig und ausgeglichen
2. Gut aussehend von Gesicht und Figur
3. Aufrichtig, wahrhaftig und unschuldig
4. Unterhält sich auf vernünftige Weise
5. Bildet sich durch umfangreiche Lektüre weiter
6. Versöhnliches Wesen
7. Wohltätig und altruistisch
8. Anmutig und wohlgesittet
9. Ist musikalisch oder künstlerisch begabt
10. Hat vornehme Verwandte